KB037961

주머니 인간

Hugo Simberg, <Dream>, 1900

주머니 인간

이현지

달
샘

언젠가 죽는다고 생각하면 설렜다. 청소년기 때부터 지금껏
그랬다. 호주머니에 죽음이라는 조약돌을 지니고 산다고 상
상하곤 했다. 별다를 일 없는 일상을 살다 주머니에 손을 쓱
넣으면 거기에 '나는 죽는다는 사실'이 있다. 그렇게 죽을 운
명의 나를 만날 때면 천하무적이 되는 느낌을 받았다. 알기
론 죽음은 슬프고 무섭고 그래서 나쁜 것인데, 왜 나는 죽
음을 떠올리면 다행이다 싶으면서 희망 찬 기분을 느끼는 것
일까. 이해할 수 없는 나를 이해하기 위해 죽음을 생각했다.

언젠가 죽는다.
언제든 죽을 수 있다.
반드시 죽고야 만다.

죽는 게 확실한데 죽음에 대해 아는 게 없다. 이승엔 죽어본 사람이 없으니 내게 죽음을 알려줄 이도 없다. 그러니까 죽음에 대해 내가 알 수 있는 단 한 가지는 죽음에 대해 아무것도 모른다는 사실이다. 죽음을 모르니 이 세상에 나라는 존재가 왜 갑자기 나타났는지, 도대체 왜 자라고 늙으면서 삶이란 것을 살아내고 있는지 알 길이 없다. 알고 있다는 착각에서 벗어나 죽음과 삶에 대한 알 수 없음, 의미 없음을 깨달으면 그 사람은 무적이 된다. 날 괴롭게, 슬프게 또 가끔은 기쁘게 했던 이 모든 게 아무것도 아니었구나. 피할 것도 잡을 것도 없는 세상이라니!

호주머니의 조약돌을 매만지며 이야기를 짓고 그림을 그렸다. 작업을 하는 내내 그 어느 때보다 '이게 산다는 거구나' 느꼈다. 설명하기 힘든 이 막연한 느낌이 책에 담겼기를 바란다.

2024년 5월
이현지

차례

프롤로그

그대 왔는가. 내 두 팔을 벌려 환영하네.

이 책은 두려움 때문에 외면해온 진실에 관한 이야기를 담고 있다네. 그러니 이 책을 읽으려면 무엇보다 용기가 필요할 텐데, 어떤 운명에 이끌려 이 책을 집어 들었는지 모르겠지만 이렇게 용기를 내주었으니 고맙고 반갑네.
오해는 말게. 그렇다고 이 책이 대단한 교훈을 전달하는 건 아니라네. 내가 말하는 진실이란 그대의 진실이거든. 그대는 여기에 수록된 이야기를 읽고 느끼고 생각하고 그리고 마침내 알아낼 것이네. 인간이 죽지 않고 굳이 살아가는 이유, 어쩔 도리 없이 주어진 이 삶의 의미에 대해 실상 우리는 어떤 것도 알 수 없다는 사실을 말이지.

먼저 내 소개를 하자면, 나는 이 세계 여기저기에 떨어져 있던 이야기를 하나 하나 발굴한 사람이라네. 그 이야기들을 모아 이 책으로 엮었지. 이야기들은 아주 먼 옛날에 지어졌는데, 여기서 말하는 옛날은 상투적인 의미의 옛날이 아니라네. 인간이 삶을 얻기 전, 그러니까 신이 인간에게 죽음이라는 은총을 내리지 않았던 오래 전을 말하는 것이지. 그 시절 죽지 못하고 영원을 살아가던 인간들은 죽음을 얻기 위해 신에게 지혜를 바쳐야 했지. 그래서 죽음의 지혜를 담아 이야기들을 바친 것이야. 바로 이것이 그대가 지금부터 읽을 이야기들의 진상이라네.

자, 지금부터 그대는 왜 이 이야기들이 지어졌고, 어떤 연유로 폭발물의 파편처럼 이 세계에 떨어지게 되었는지 살펴보도록 할 것이라네. 인간이 죽음을, 삶을 얻기 위해 어떤 이야기들을 지었을지 궁금하지 않은가.

Hugo Simberg, <On The River Of Life>, 1896

바칠 목숨이 없어서

구름 한 점 없는 매끈한 하늘 아래 죽음을 갖지 못한 인간들이 살았다. 서늘한 유리처럼 창백한 낯빛을 한 인간들이었다. 이들에겐 죽음이 없었으므로 먹고 자고 쌀 필요가 없었다. 모든 생물과 사물들이 완벽한 상태로 무한히 존재했기에 죽지 않는 인간들은 모든 풍요를 즐기기만 하면 되었다. 그렇게 죽지 않는 인간들은 늙지도 아프지도 않으면서 영원히, 영원히 살았다.

그것은 천벌이었다. 죽음이 없는 세계엔 시간도 존재하지 않았다. 무한하다는 것은 앞과 뒤, 전과 후가 없다는 의미이므로 과거, 현재, 미래가 존재할 리 만무했다. 죽음이 없고 시간이 없으니 어떤 변화도 없는 영원에 갇힌 셈이다. 존재할 이유를 찾지 못한 인간들은 결국 신에게 제발 죽음을 달라고 사정했다.

신은 고민했다. "지금이야 죽음이 절실하겠지. 그러나 삶이 주는 황홀함에 한동안 정신 차리지 못하다가 너희들은 곧 잊게 될 것이다. 너희 스스로 죽음을 간절히 바랐다는 사실을… 나아가 죽음을 가지고 있다는 그 사실마저 망각하게 될 것이다."

인간은 애원했다. "절대 잊지 않겠습니다. 더는 이렇게 살 수가 없습니다. 신이시여, 기회를 주십시오. 제발 우리에게 죽음을 내려주십시오."

신은 '공양'이라는 조건을 달았다. "죽음을 갖고 싶다면 나에게 바쳐야 할 것이다. 무엇을? 너희에겐 죽음이 없으니 바쳐야 할 목숨이 없지 않은가. 너희는 모든 걸 다 갖추었으니 소중한 것도 없지 않은가."

인간은 난처했다. 모든 것을 무한히 가진 인간은 아무 것도 가지지 않은 것이나 마찬가지였다. 신이 말했다.

"그러니 의미를 바쳐라. 지혜를 바쳐라. 먼 훗날 인간들이 죽음의 의미를 잊게 되었을 때, 자신에게 그토록 소중한 죽음이 깃들어 있다는 사실을 깨달을 수 있도록."

그리하여 인간들은 이야기를 짓기 시작했다. 그들이 간절히 바라는 죽음에 대하여.

Arthur Rackham,
<Tree of mine! O Tree of mine! Have you seen my naughty little maid>, 1927

이야기 공양탑

인간들은 한 편의 이야기를 하나의 철제 캐비닛에 담기 시작했다. 어떤 것에도 훼손되지 않을 단단하고 번쩍거리는 캐비닛이었다. 죽음을 구하는 인간들은 그렇게 캐비닛들을 쌓고 쌓아 신에게 바치는 공양탑을 만들었다. 탑이 스물아홉 칸을 이루는 날 인간들에게 죽음이 주어질 터였다. 마침내 이야기 공양탑이 완성되었다. 죽음 없는 인간들은 탑 주위를 돌며 기도를 올렸다.

"죽음의 신이시여, 삶을 내려주소서. 우리를 죽게 하소서. 죽음으로서 살게 하소서."
"생명의 신이시여, 죽음의 은혜를 잊지 않겠습니다."

신은 죽음을 구하는 인간들의 꼴을 보면서 어쩐지 웃

음이 났다. 두 손을 비비며 애타게 기도하는 모습이 한 편으로는 짠하기도 했다. 신은 고민했다. 아무리 생각해도 인간들이 죽음을 얻게 되면 골치만 아플 것 같았다. 하지만 약속한 바가 있으니 일단 탑을 열어 확인해 보아야 했다. 신은 탑 꼭대기에 걸터앉아 이야기들을 하나하나 꺼내 읽기 시작했다.

이야기 공양탑

기다리는 인간과 각성한 인간

"환영합니다. 어서 오십시오. 대기자들께서는 여기서 번호표를 받고 저쪽 대기실로 들어가 주십시오. 자신의 번호가 불리면 반대편 문을 열고 나가시면 됩니다. 환영합니다. 어서 오십시오. 대기자들께서는…."

안내자가 확성기에 대고 큰 소리로 떠든다. 그 앞으로 대기자들이 끝이 보이지 않을 만큼 길게 줄지어 서 있다. 딩동. 딩동. 딩동. 영겁의 시간을 버텨온 듯한 낡아빠진 작은 기계에서 대기 번호표가 발급된다. 대기자들은 컨베이어벨트 위에 서 있는 듯 매끄럽게 움직이며 순서대로 대기표를 받는다. 대기표를 받은 대기자들이 사뭇 들뜬 얼굴을 하고 대기실로 들어선다.

대기실엔 수십억 명이 자기 차례를 기다리고 있다. 그저 기다릴 뿐인 이들이지만 기다리기만 하지 않는다. 지루

한 기다림을 견디게 해줄 노역을 자처한다. 그것은 자신이 주인이면서 스스로 노예가 되는 일이다. 대기자들은 돌을 어깨에 이고 자신의 구역에 탑을 쌓는다. 힐끗힐끗 다른 탑들을 확인하며 제 탑과 비교해 크기와 높이를 겨룬다. 다른 이의 것을 부수어 그 돌로 자기의 탑을 높이기도 한다. 이들은 자기가 기다리고 있다는 사실을 망각한 채 돌쌓기에 몰두한다. 그러면서 대기실은 시장판이었다가 경기장이었다가 전시장이 된다.

대기자들이 시장과 경기와 전시의 난장판 속에서 시간을 때우는 사이 각성한 인간들이 나타난다. 각성한 인간들은 자신이 세상의 비밀을 알고 있다고 주장하는 자들이다. 이들은 기다리는 인간들의 마음을 사로잡는 술수에 능하다. 각성한 인간들은 특히 지친 기색이 역력한 인간들을 포섭 대상으로 삼는다. 무릎에 팔꿈치를 얹고 힘없이 앉아 하염없이 무언가를 기다리는 인간이라면 특히 성공률이 높다. 일단 그런 사람이 보이면 각성한 인간은 그에게 다가가 어깨를 톡톡 친다. 기다리는 인간이 놀란 얼굴로 고개를 들어 묻는다.

"뭐죠? 누구시죠?"

각성한 인간은 절대 물음에 대답하지 않는다. 그저 되묻는다.

"안녕하세요? 여기서 뭘 하고 계신가요?"

기다리는 인간이 4010582388번이 적힌 대기 번호표를 들어 보인다.

"저는 지금 기다리고 있습니다. 그런데 무슨 일이시죠?"

각성한 인간은 4010582388번 대기자의 눈을 가만히 바라본다. 눈동자 저편을 꿰뚫어보는 듯한 응시에 4010582388번은 당혹스러워한다. 각성한 인간은 잠자리 날개 같은 미소를 띠며 그 모습을 잠시 즐긴다. 그러고는 다시 묻는다.

"무엇을 기다리고 있나요?"

"뭘 기다리냐니요? 제 번호가 불리길 기다리고 있습니다."

황당하다는 반응에도 각성한 인간은 또 다시 묻는다.

"그러니까 무엇을, 기다리고, 있느냐는 말입니다."

4010582388번은 대답하지 못한다. 기다리고 있다는 것은 분명히 알지만 자신이 진정 무엇을 기다리는지는 모르기 때문이다. 그만 그런 것은 아니다. 대기실에 있는 인간들 중 번호가 불린 후 마주하게 될 저 문밖의 세계에 대해 아는 사람은 아무도 없다.

그때 각성한 인간이 새까만 눈동자를 일그러뜨리며 말한다. 자신이 그 비밀을, 이 지난한 삶의 진실을 알고 있다고. 우리가 어떤 연유로 이 세상에 왔는지, 여기서 무엇을 기다리고 있으며, 이 기다림 끝에 무슨 일이 벌어지고 있고, 어디로 가게 될 건지 일장 연설한다. 그의 한마디 한마디에 4010582388번의 입이 점점 크게 벌어진다. 그리고 각성한 인간의 입에서 가장 중요한 대사가 이어진다. 그것은 4010582387번도 아니고 4010582389번도 아닌 오로지 4010582388번의 마음을 사로잡는 대사다.

"당신은 그저 4010582388번이 아닙니다. 당신은 선택받은 존재입니다. 저는 그 비밀을 알고 있죠. 그대여, 대기번호 4010582388번으로 사시겠습니까? 아니면 나와 함께 선택받은 존재로서 저 문밖의 삶을 준비하시겠습니까?"

이 대사는 4010582388번에게 가장 필요한 말이었으므로 그는 각성한 인간을 믿기로 결정한다. 숭배하고 찬양하기로 결심한다. 곧이어 4010582388번의 대기실은 한순간에 노역장에서 천국으로 전환된다. 불모지에 떨어진 물 한 방울이 오아시스를 이루듯.

마침내 4010582388번의 번호가 불린다. 선택받은 자, 4010582388번이 사뭇 들뜬 표정으로 문을 연다. 거기엔…

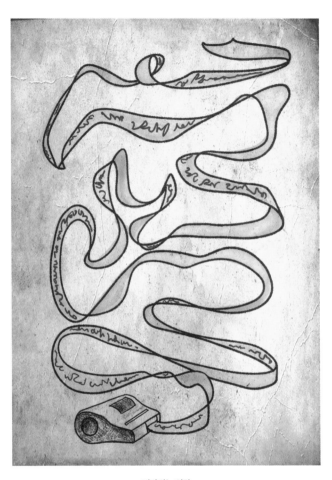

기다리는 인간

주머니 인간

주머니를 아주 많이 가진 이가 있었다. 그는 온몸을 덮는 망토를 두르고 있었는데, 그 망토에는 크고 작은 주머니가 여기저기 달려 있었다.

주머니 인간은 주머니를 채우기 위해 살았다. 그는 삶의 길 한가운데서 목표를 명확히 바라보고 그것을 향해 달렸다. 힘에 부칠 때면 걷기도 했지만 대부분 전력 질주했다. 힘들긴 했지만 하나, 둘 목표의 허들을 뛰어넘으며 깊은 보람을 느꼈다. 그때마다 그의 발 앞에 무언가 떨어졌다. 주머니 인간이 숨을 몰아쉴 때 발생한 욕망의 구름이 보석과 같은 결정체로 승화한 것이었다. 노력의 결과물들은 빛났고 아름다웠다. 성적표 속 꽤 괜찮은 등수, 성공적인 입시로 들어간 '좋은' 학교, 취업에 필요한 각종 자격증과 공인 영어시험 점수, 사회적으로 인정받는 번듯한 직장, 한 달 일 년을 살기에 알맞은 연봉, 차나 집 같은 얼마간의 자산, 다정한 배우자와 귀여운 자식들 같은 그런 것들이었다. 이만하면 괜찮은 인생이라고 할 수 있을 정도. 주머니 인간은 웃었고 그의 성취물들을 주머니에 차곡차곡 넣었다. 주머니가 채워질수록 주머니 인간은 안전함을 느꼈다. 자신이 점점 더 강해지고 커지는 것 같았다.

시간이 지나자 주머니 인간의 등허리가 뻣뻣해지고 다리는 무거워졌다. 더 이상 달릴 수 없었다. 하지만 그의 눈앞엔 여전히 수많은 허들이 서 있었다. 주머니 인간은 안간힘을 다해 그것들을 넘었다. 그런데 어느 날부터 사력을 다해 허들을 넘고 숨을 몰아쉬어도 그의 발 앞에는 아무것도 떨어지지 않았다. 욕망의 구름은 모이고 뭉치기만 할 뿐 그의 몸 밖으로 빠져나가지 못했다. 근육통을 버텨내던 주머니 인간은 어느 순간부터는 숨이 잘 쉬어지지 않는 느낌마저 들었다. 숨을 참아야 한다고, 숨을 참는 법만 배운 주머니 인간은 결국 숨 쉬는 법을 잊고 말았다.

숨을 잃어버리자 주머니 인간은 그의 가득 찬 주머니를 견딜 수가 없었다. 그를 짓누르는 그것들이 징그럽게 느껴졌다. 살아온 날의 증거물인 주머니를 견딜 수 없다니, 주머니 인간은 자신을 이해할 수 없었다. 주머니 인간은 일단 살아야 했다. '비워야 한다.' 그는 생각했다. '무엇을 버릴 것인가.' 숨의 결정체들을 버린다는 건 그것이 주는 인증과 인정, 나아가 그 자신의 기억마저 버린다는 의미였다. 완전한 사라짐인 것이다. 그는 다시 생각했다. '버려도 내가 나 자신일 수 있는 것은 남겨야 해. 그렇다면 내가 아닌 것들을 버리자.'

시험 점수는 물론 그가 나온 학교도 그 자신이 아니었다. 직장과 직위도 그의 존재를 대체할 순 없었다. 하물며 급여나 자산 따위가 그를 증명할 수 있을 리 없었다. 그렇게 하나씩 버리다 보니 누군가의 자식, 배우자, 부모라는 역할도 그 자신이 아닌 것 같았다. 주머니 인간은 옷의 끝자락에 붙어 있던 작은 주머니 속 나이와 키,

몸무게, 이름과 같은 라벨들까지 버렸다. 욕망의 성취물들을 모두 내려놓으니 그의 몸을 덮고 있는 망토마저 거추장스러웠다. 망토를 벗어던진 주머니 인간은 비로소 '나를 찾았다'고 생각했다. 들뜬 마음으로 거울을 들여다본 주머니 인간은 너무 놀라 그 자리에 주저앉고 말았다.

아무것도 없었다. 거울 속 어디에도 나라고 할 만한 것이 없었다.

주머니 인간

주인공 인간

주인공 인간은 '나'라는 작품에서 살았다. 그는 작품의 주제였고 메시지였다. 배경과 조연들은 주인공 인간을 위해 존재했다. 주인공 인간은 자기 세계의 주인으로서 만물을 관장했으니, 그는 모두의 우주였고 유일한 의미였다.

그러던 어느 날 낡은 종이 인형이 뜯어지듯, 주인공 인간은 작품 밖으로 떨어져 나왔다. 놀람도 잠시, 그는 자신이라는 풍경을 마주했다.

내가 사라진 나라는 세계. 그곳은 그가 품었던 모든 시간과 공간이 켜켜이 쌓인 풍경이었다. 그 풍경은 그가 지나온 삶에서 진액처럼 흘러내린 슬픔들이 만든 풍경이었다. 주인공 인간에게는 아름다움도 기쁨도 슬픔이었으니 그러했다. 괴로운 것은 물론이고, 산다는 일이

벅차도록 좋을수록 슬픔은 더욱 진해졌다.

물론 주인공 인간이 그 안에 있을 때는 몰랐다. 좋은 것이 있었고 나쁜 것이 있었으며, 선한 이가 있었고 악한 이가 있었으며, 기쁜 일이 있었고 괴로운 일이 있었다. 주인공 인간은 그 속에서 개별적인 고통들이 3차원으로 부딪치는 싸움을 목도했었다.

주인공 인간은 작품에서 떨어져 나와서야 그 모든 것이 하나의 '슬픔의 레이어'라는 것을 깨달았다. 그처럼 사랑스러운 풍경은 처음이었다. 그가 사라진 자리를 관통하는 바람이 불었다. 영혼이 일렁였다. 그 순간 주인공 인간은 자신을 용서했다. 아름답기에 슬픈, 슬프기에 아름다운 자신의 풍경이 그 자신을 용서하게 했다.

주인공 인간

얼굴 없는 인간

얼굴을 잃어버린 이가 있었다. 그는 거울에 비친 자신의 얼굴을 넋 놓고 바라보다 그만 얼굴을 거울에 빠뜨린 것이었다. 얼굴 잃은 인간은 자신의 얼굴을 찾아달라고 외치며 여기저기 돌아다녔다.

"내 얼굴 좀 찾아주시오! 내 얼굴 좀 찾아주시오!"

얼굴 잃은 인간은 자기 얼굴을 사랑했었다. 아니, 그는 자신의 얼굴을 비춘 거울을 사랑했다. 거울은 어디에나 있었다. 혼자 있을 때는 물론이고 누군가와 밥을 먹고 일을 하고 이야기를 나누는 순간에도 그는 거울에서 눈을 떼는 법이 없었다. 그는 언제나 거울을 통해 자기를 확인했다. 이 세상 그 누구와도 다른 고유한 존재로서의 자신을 말이다.

"제발 내 얼굴 좀 찾아주시오!"

그의 계속된 외침에 멀리서 한 사람이 터벅터벅 걸어왔다. 얼굴 없는 인간은 그를 보고 흠칫 놀랐다. 그 사람은 세상의 모든 얼굴을 가지고 있었다. 그의 얼굴은 바람처럼 투명하면서도 바람의 촉감처럼 확실하고 선명했다. 그의 얼굴은 온 세계를 비추면서 세상의 모든 형상을 담고 있었다.

모든 얼굴의 인간이 주저 없이 다가와 얼굴 잃은 인간의 두 손을 움켜잡았다. 그리고 그 손을 자신의 얼굴에 갖다 대었다. 자신의 모든 얼굴을 하나하나 쓸어내리게 하며 모든 얼굴의 인간이 말했다.

"당신의 얼굴이 여기에 있소."

어리둥절하던 얼굴 없는 인간은 모든 얼굴의 인간을 맞닥뜨리고서야 깨달았다. 자신이 얼굴을 잃어버리지 않았다는 사실을.

'찾았다!' 얼굴 없는 인간은 생각했다. 거울에 빠뜨린 줄 알았던 얼굴이 바로 그 앞에 있었다. 세상의 모든 얼굴의 모습으로.

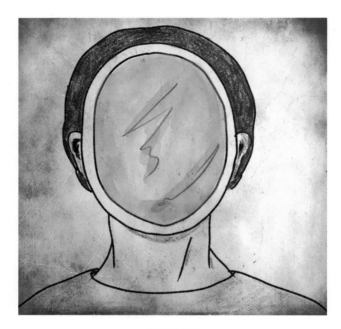

얼굴 없는 인간

지나가는 인간

"저기 뒤집힌 액자가 있지 않소? 액자를 다시 되돌려놓으시오. 그래야 문을 열어줄 수 있소."

문지기가 손가락으로 뒤집힌 액자를 가리키며 단호하게 말했다.

이곳은 '기억의 방'으로 지나가는 인간의 기억이 전시되어 있는 공간이다. 인간의 기억은 그가 만났던 모든 사람들과 연결되어 있으며, 한 사람 한 사람의 초상화로 저장된다. 기억의 방 사방에는 그가 만났던 이들의 초상화가 빼곡하게 걸려 있다.

지나가는 인간은 다른 방에서 이 방으로 왔고 이제 다음 방으로 건너가려고 한다. 그런데 다음 방으로 넘어가는 문 앞에서 문지기가 지나가는 인간을 막아 세웠다. 문지기는 기억의 방의 초상화 중 일부가 뒤집혀 있다는 사실을 문제 삼았다. 뒤집혀 있는 액자를 다시 되돌려놓아야 문을 열어주겠다는 것이었다.

지나가는 인간은 당혹스러웠다. 기억의 방에 걸린 수많은 액자 중에 뒤집힌 것이 있는 줄도 몰랐기 때문이다. 그는 뒤집힌 액자 앞으로 다가가 그것을 한참 바라보았다. 별스럽지 않게 두 손으로 액자의 양옆을 잡았다. 이제 가볍게 들어 바로잡기만 하면 된다. 그런데 액자가 움직이지 않았다. 손이 움직이지 않는 것인지, 액자가 움직이지 않는 것인지 알 수 없었다. 다만 뒤집힌 액자가 무거운 쇳덩이처럼 느껴졌다. 벽에 걸려 꿈쩍도 않는 액자를 지나가는 인간은 멍하니 쳐다볼 수밖에 없었다.

이를 어찌 해야 하나, 방법이 없다. 지나가는 인간은 문지기에게 다가가 어깨를 축 늘어뜨리고 하소연했다.

"도저히 안 돼요. 그냥 지나가게 해주세요."

문지기는 다리를 살짝 벌린 채 팔짱을 끼고 단단하게 서서 자신에게 간청하는 지나가는 인간을 똑바로 쳐다보았다. 그러고는 고개를 살짝 흔들며 조금은 안쓰럽다는 듯 그에게 말했다.

"액자를 되돌려놔야 한다는 조건은 당신에 의해서, 그리고 당신을 위해서 만들어졌소. 그 액자의 정체를 알아내지 못한다면 그 무지가 계속해서 당신의 목덜미를 붙잡을 것이오. 또한 너무 많이 건너간 뒤에는 후회해도 소용이 없으니, 지금 이 순간의 결정이 매우 중요하다는 사실을 꼭 명심하시오."

우연히 발견한, 그런 게 있을 거라 생각도 못 한, 뒤집힌 액자…. 지나가는 인간은 사실 알고 있었다. 그것이 누구의 초상화인지 언제 어떤 마음으로 그 액자를 뒤집어놓았는지. 하지만 어쩔 도리가 없었다. 여전히 액자는 움직이지 않았다. 지나가는 인간은 액자에 한발 가까이 다가섰다. 그리고 붓을 들어 액자에 뒷모습을 그리기 시작했다. 지나가는 인간이 한 번도 본 적이 없는, 생전에 진실로 대면한 적 없는 초상화 주인공의 뒷모습을 그렸다. 뒷모습을 다 그리고 문 쪽으로 고개를 돌렸을 때, 문지기는 거기 없었다.

지나가는 인간

새인간

그가 당도한 곳은 태양빛이 강렬하게 내리쬐는 마을이
었다. 그곳에는 물기 하나 없이 바짝 마른 날개를 가진
인간들이 살았다. 하늘을 날 수 있었으므로 이들을 '새
인간'이라 하였다.

새인간들은 본래 날개였다. 날개들은 무언가의 날개로서
가 아니라 오롯하게 자기 자신으로서 존재했다. 의존하
는 바 없이 날개가 자신의 주인인 그들은 그저 날 뿐이
었다. 살아 있음이 아니라 날고 있음으로 존재하는 '낢'
그 자체였다.

어느 날부터인가. 살아 있지 않았던 날개들이 형상을
좇기 시작했다. 날개들은 스스로 몸을 만들 수 없었으
므로 몸이 되어줄 형상을 찾았다. 그리하여 날개들은
자신만의 새장을 찾아 그 안으로 들어갔다. 새장은 어

깨와 가슴부터 배와 둔부를 거쳐 허벅지까지 이어지는 토르소 형태를 띠면서, 각각 고유한 모양을 갖추고 있었다. 형상을 좇아 새장에 들어선 날개들은 비로소 새인간이 되었다. 새장은 몸이었고 집이었으며 한 세계였다. 새장 속에서 새인간들은 낡을 버리고 삶을 얻었다. 기쁨에 찬 새인간들은 새장 안에서 다른 새장을 내다보며 다른 이들과 소통했는데, 그 소통이라 함은 끊임없이 새장을 덧대는 일이었다. 새인간들은 새장을 덧대며 각자의 정체성을 구축해나갔다. 남자와 여자, 늙음과 젊음, 세련됨과 촌스러움 그런 것들이었다. 새장은 점점 더 촘촘하고 정교하게 다져졌다. 그렇게 새인간들은 합심하여 규칙과 규율을 만들고 되는 것과 안 되는 것들을 구분해나갔다. 규칙은 대략 이러했다.

첫 번째 규칙, 절대로 새장 밖을 나가지 말 것. 다시 찾아오지 못할 수 있다.

두 번째 규칙, 새장 밖의 세계를 알려 하지 말 것. 형상 없는 낢의 세계는 무용하다.

세 번째 규칙, 규칙을 깨는 자를 벌할 것. 이 모든 것은 우리의 안위를 위함이다.

네 번째, 다섯 번째… 규칙은 무수히 생겨났다.

새장이 완벽하다고 믿게 된 새인간들은 새장에 변형을 가하거나 알맞지 않게 치장하는 이들을 철저히 응징했다. 금기만큼 흥미로운 일은 없었다. 금기를 이용한 차별과 처벌만큼 짜릿한 것을 찾기 쉽지 않았다.

어느덧 새인간들은 자신들이 선택해 들어간 새장에 갇히게 되었다. 그리고 날개였던 과거를 망각했다. 이제는 형상 없는 '낢'이란 건 상상할 수도 없게 되었다. '새장에 갇힌 삶'만을 믿고 따르며 그 무엇보다 중요하고도 절대적인 삶이란 것을 살았다. 살고 또 살았다.

그런 새인간들을 안타깝게 내려다보던 그가 마을을 찾은 것이었다. 낢을 창조하고 새장 너머의 세계를 관장하는 그는 바로 신이었다. 신은 새장에 갇힌 새인간들을 구하기로 했다. 곧 온 마을에 죽음이 내려졌다. 흩뿌려지는 죽음을 보며 새인간들은 당혹스러워했다. 죽음을 맞이하면 영원한 무無로 사라질 거라 믿었기 때문이었다. 신은 죽음을 아는 듯 행동하는 새인간들을 보며 웃었다. '무無를 아는가, 무無가 어디에 있다는 말인가.' 신이 알기에 끝없는 영원이란 것도, 있지 않은 무無라는 것도 없었다.

죽음 이후 새인간들은 새장을 버리고 몸 없이 날았다. 날개들은 그제야 새장이 열려 있었다는 사실을 깨달았다. 자신들이 스스로 삶이라는 감옥에 들어가 자리 잡고 있었다는 사실을 깨달았다. 그들은 마침내 자신이 한낱 새장이 아니었다는 분명한 사실을 깨달았다. 그렇게 새인간들은 날개가 되어 낢 그 자체가 되었고, 모든 금기와 경계, 한계, 차별과 처벌은 낢의 세계로 흩어졌다.

새인간

버려진 열심들

시뻘건 계곡물이 쏟아져 내렸다. 붉은 물은 마을 곳곳으로 흘러내려 어떤 곳엔 웅덩이를 또 어떤 곳엔 연못을 이루었다. 크고 작은 붉은 쟁반들이 햇빛에 반사돼 마을을 물들였다. 핏빛이 주는 불길한 느낌에 보다 못한 사람들이 수원지를 찾아 계곡에 올랐다. 도착한 곳엔 거대한 석산이 서 있었다. 석산의 정체는 버려진 열심熱心들의 무덤. 거기에 사용을 다한 열심들이 응고된 채 엉겨 붙어 있었다.

열심들의 석산이 만들어진 데에는 이유가 있었다. 차가운 밤, 외로운 밤, 그래서 우는 밤 때문이었다. 온 마을이 밤마다 울어대는 통에 사람들은 견딜 수가 없었다. 울면서 우는 소리에 귀를 막았다. 모두가 그랬다. 밤을 없애야 했다. 마을 중앙에 밤을 밝힐 거대한 화로가 들어섰다. 화로의 아랫부분은 칸칸이 나뉘어 있었는데 사람들은 매일 가슴팍에서 열심을 꺼내 자기 이름이 적힌 칸에 넣었다. 한데 모인 열심들은 탁, 타다닥 소리를 내며 타올랐다. 이렇게 사용된 열심들은 조금씩 식은 채 다시 제 주인에게 돌아갔다. 더 이상 쓸 수 없게 된 것들은 한곳에 모아져 마을 끝자락에 버려졌다. 물기가 모두 증발해 딱딱하게 응고된 열심들이 한 무더기, 두 무더기 쌓여갔다.

밤 없는 날들이 흐르고 흘렀다. 화로가 뿜어내는 열기에 마을은 조금씩 더워졌다. 땀인지 진물인지 모를 액체가 온몸에서 흘러나왔지만 열심의 인간들은 화로를 멈추지 않았다. 지글거리는 열기에 강과 개울의 수증기가 하늘로 올라가 비를 뿌렸다. 세상은 달궈졌다 이내 차갑게 식고, 메말랐다 곧 흠뻑 젖기를 반복했다. 그런 날들이 이어지다 유달리 많은 비가 내린 어느 날, 시뻘건 계곡물이 마을로 쏟아져 내려온 것이다. 수원을 찾아 들어간 사람들이 가까이 마주한 석산은 산이라기보다 하늘로 뻗은 절벽에 가까웠다. 열심의 인간들은 그 앞에 서서 촛농같이 찐득하게 흘러내리는 핏물을 넋 놓고 바라보았다. 나였구나, 너였구나, 떠나간 그였구나, 우리였구나, 하며 지나간 마음들을 떠올렸다.

그때 열심을 거의 다 써버려 지친 기색이 역력한 한 사람이 천천히 팔을 들었다. 시간이 꽤 흐른 후에야 움직임을 알아차릴 정도로 느리고 느린 느림이었다. 그는 핏물이 흐르는 부근까지 팔을 뻗었다. 그러고는 두 손에 붉은 물을 넘치게 담아 그대로 자신의 얼굴을 쓸어내렸다. 빈틈없이 검붉어진 얼굴. 따뜻한 심장처럼 불끈거리는 얼굴이 서서히 벌어지며 하얀 이가 드러났다.

"이제 쉬러 갑시다."

열심을 바친 인간들이 석산을 뒤로 하고 마을로 내려왔다. 그리고 빛나는 빨간 쟁반으로 뛰어들었다. 비스듬히 몸을 누이고 하늘을 올려다보았다. 그날은 밤이 내렸다.

버려진 열심들

나는 너의 살이다

먼 옛날 인간 종족 중에는 후먼이라는 종족도 있었다. 그들은 같은 종족을 먹고 사는 식인 종족이었다. 그들에 따르면 사람의 살은 한번 먹으면 잊을 수 없는 향과 맛과 식감을 가졌다. 모두가 꿈꾸지만 아무나 맛볼 수 없는 미식이었다. 사람은 귀하고 놀라운 생명체였으니 맛 또한 그랬다. 입이 아닌 코로 먹는다고 할 수 있는 향이었으며 혀의 감각이 뇌를 깨우는 맛이었다. 거기에 질기지도 무르지도 않은 탄성의 식감은 온몸을 긴장하게 만들 정도였다. 미식의 유혹은 강렬했다. 그러나 후먼 종족에게도 살인은 명백히 범법 행위이므로 사람이 사람을 죽일 수는 없었다. 미식하는 후먼들은 죽이지 않고 사람을 잡아먹는 방법을 찾았다. 그것은 인간 스스로 죽게 하는 것이었다.

후먼 최고의 미식가가 죽던 날, 삶과 죽음의 경계에서 수천 겹의 바람이 불었다. 한 겹의 바람을 타고 미식가가 심판장에 다다랐다. 갈비뼈처럼 드러난 골조 사이로 훤하게 펼쳐진 내부가 보였다. 형광등 불빛 아래 도축장처럼 살덩이들이 여기저기 걸려 있었다. 미식가가 들어서길 주저하고 있을 때 뒤에서 누군가 말을 걸었다.

"왜 머뭇거리나요? 당신이 할 수 있는 건 안으로 들어가는 것뿐입니다."

미식가는 귀신에 홀린 듯 그의 지시를 따랐다. 뒤따라오던 그가 검지손가락으로 건너편을 가리키며 말했다.

"저기에 올라가십시오."

저울이었다. 미식가는 자신에게 어떤 결정권도 없다는 사실을 깨닫고 저울 위로 한 발, 두 발 올라섰다. 계기판의 숫자가 마구잡이로 바뀌다 2233이라는 숫자에 멈추었다.

"이게 뭔가요?"

죽은 미식가가 눈을 치켜뜨고 물었다.

"이전엔 당신이었으나 이제는 당신이 아닌 것입니다. 바로 살아생전 당신이 먹은 살의 무게죠. 심판은 이 숫자에서 시작됩니다."

스스로 죽게 하는 방법은 차고 넘쳤다. 떨어지고 깔리고 치이고 잘리고 끼였다. 슬픔에 잠겨 서서히 익사하는 이도 있었다. 미식가는 쯔쯧 혀를 차며 바닥에 누워 있는 살덩이들을 주워 먹었다. 두리번두리번 누가 보는 건 아닌지 염려하면서도 한번 먹으면 잊을 수 없는 향과 맛과 식감을 즐겼다. 미식가는 짭짭대며 미식을 계속할 수 있는 새롭고 기발한 그러나 윤리적인 방법들을 구상했다.

사람을 먹는 후먼들은 그것을 이식異食이 아니라 미식美食이라 믿었다. 미식은 특권이었다. 그래서 인간을 잡아먹는 행위는 타당한 전략이자 고상한 취향으로 여겨졌다. 미식가는 마음 한편에서 어떤 찝찝함을 느꼈지만 머리를 흔들며 쓸데없는 감정은 떨쳐내자고 자신을 다독였다. 그런 그가 죽은 후 심판장에 당도했을 때 적잖이

당황한 것은 당연한 반응이었다. 그는 자신이 죽은 후 그가 얼마나 착하게, 혹은 나쁘게 살았는지 심판할 줄은 몰랐다. 아니 죽은 후 벌어질 일들은 저세상 일일 뿐이라고 생각했다.

"떨지 마세요. 여기는 당신을 벌하기 위한 곳이 아닙니다. 지구상의 거의 모든 동물들이 동족 포식을 하는 걸요. 먹고 사는 일에서 선과 악이 따로 있지 않으니 당신을 벌할 이유가 없습니다. 사후 심판장은 측정소라고 부르는 것이 더 맞을 겁니다. 사실 저 저울의 숫자가 0을 기록했던 적은 몇 번 없답니다. 그러니까 거의 모든 인간은 부분 부분 누군가의 살이었던 거지요."

미식가는 안도의 한숨을 내쉬었다. 그러나 의아했다. 그렇다면 측정의 목적은 무엇인가.

"당신은 죽었지만 죽지 못합니다. 여기에 측정된 당신의 살, 아니 당신이 먹어 치운 타인의 살을 품고 다시 살아야 합니다. 무슨 말인지 모르겠다고요? 자, 살이란 게 무엇입니까? 살은 삶입니다. 그러니 당신이 먹은 살은 한恨인 거죠. 이 무겁고 질긴 한을 안고는 저세상으로 떠날 수가 없어요. 다시 현실의 땅으로 내려가 당신이 먹은 살의 주인, 그가 살고자 했던, 살아야 했던 삶을 다시 살아내십시오."

미식가는 생각했다. '그토록 달았던 살의 맛이 결국 한의 맛이었던가?' 저 멀리 누군가의 살의 살의 살의 살의 살로 살아갈 이들이 심판장을 나가고 있었다. 길게 이어진 행렬을 보며 미식가는 주섬주섬 떠날 채비를 차렸다.

나는 너의 살이다

서서 자는 인간

깨어 있는 인간은 재앙이었다. 강한 자가 약한 자를 착취하고 대등한 자들끼리는 끊임없이 위계를 만드는 일이 쳇바퀴처럼 반복됐다. 하지만 이런 아수라장이 끔찍할지언정 사람을 죽일 수는 없었다. 궁리 끝에 곤히 잠들면 모두가 평등해질 것이라고 생각한 평등주의자는 모든 사람을 재우기로 했다. 눈을 감은 채 아기의 얼굴을 하고 있는 인간들은 참으로 사랑스러웠다.

그러나 언제까지 잠들어 있게만 할 수는 없는 노릇이었다. 인간이라면 응당 쓸모가 있는 편이 낫지 않은가. 평등주의자는 마음은 평온히 잠들어 있더라도 몸은 생산 활동을 해야 마땅하다고 판단했다. 그리하여 그는 인간들의 뇌를 전기 신호로 자극해 잠든 상태에서 무의식적으로 몸을 움직이게 만들었다.

이렇게 서서 자는 인간들은 마리오네트라 불렸다. 눈을 감은 채 줄에 매달려 팔다리를 허우적대는 마리오네트들은 비몽사몽 무희가 되어 춤을 추었다. 아니, 춤추듯 보였다. 마침내 줄에 매달린 모두가 행복한 꿈을 꾸며 자신의 쓸모를 다하는 세상이 되었다. 이보다 균질한 사회는 지금껏 없었다고 평등주의자는 자부했다.

서서 자는 인간

물속 인간

사방이 회색빛 대리석으로 치장된 회의장. 한 사내가 반질거리는 머리카락을 손으로 쓸며 심각한 어조로 말했다.

"전혀 통제되지 않고 있습니다. 이대로 가다간 물 밖으로 튀어나오는 인간들이 나타나고 말 겁니다. 계획했던 것보다 두 배 많은 양의 K를 투여해야 합니다. 위원회의 빠른 승인과 시행이 필요합니다."

물 밖 인간들이 긴급회의를 열었다. 짧은 논의를 거쳐 곧바로 찰랑거리는 물속에 K를 투여했다. 이 정도로 많은 양의 투여가 긴급 시행된 것은 처음이었다. 물 밖 인간들은 물속이 어떻게 될지 잠자코 지켜보았다. 곧 물결의 움직임이 느려지더니 점성이 생기기 시작했다. 시간이 지나자 젤리처럼 말캉거리는 정도에 이르렀다. 물

속에 잠겨 있는 인간들은 불현듯 낯선 감각을 느꼈지만 대수롭게 여기지 않았다.

깊고 깊은 물속에 잠긴 인간들이 살았다. 잠긴 인간들은 자신들이 공간空間에 살고 있는 줄 알았다. 비어 있는 곳에서 마음대로 움직인다고 생각했다. 자유가 무슨 의미인지 생각해본 적 없을 정도로 자신들이 자유롭게 살고 있다고 굳게 믿었다. 그러나 그들이 사는 현실은 물로 가득 찬 수족관이었다. 수족관은 관리 대상이었다. 물 밖에서 투여하는 K는 그들이 사는 공간의 점성뿐 아니라 잠긴 인간들 내부에도 스며들어 몸과 정신의 농도를 바꾸었다. 잠긴 인간들은 신체와 정신이 질겨지는 것을 삶의 이치라 생각했다. 그게 어른이 되는 것이며 철이 드는 것이고 비로소 세월의 흐름을 따르게 되는 것이라고 여겼다. 끈적해지고 질겨지다 마침내 멈추는 것이 그들에겐 당연한 삶의 과정이었다.

그러나 어디에나 별종은 있는 법. 물 밖 인간들이 아무리 K를 투여해도 영향을 받지 않는 인간들이 있었다.

이들은 잠겨 있지만 잠겨 있지만은 않았다. 별종들은 다른 잠긴 인간들처럼 헤엄치지 않았다. 부유했다. 가는 곳 없이 떠다니다 수면 밖으로 고개를 쳐들곤 했다. 그들은 똑똑히 바깥을 보았지만 돌아와선 아무것도 보지 못한 척했다. 잠긴 세상에서 잠자코 죽어가는 척, 물살을 가르며 헤엄치는 척 살았다. 그러니 모든 잠긴 인간들에게 물 밖 세상은 존재하지 않는 것이나 마찬가지였다.

별종들이 고개를 쳐들 때면 물 밖 인간들은 자신들의 존재가 탄로 날까 몸을 숨기기 바빴다. 물 밖 인간들은 잠긴 인간들보다 우위에 있으면서도 늘 한 가지를 두려워했다. 바로 별종들이 허공에 대고 해대는 질문이었다. "이봐요, 여기 좀 봐요. 거기 있는 거 다 알아요." 물 밖 인간들은 간질거리는 가슴을 부여잡고 더욱 몸을 웅크렸다.

"내가 보이나요? 나는 지금 어떤 이야기 속에 있는 거죠? 도대체 이 이야기는 누가 쓴 거고, 이걸 읽고 있는 당신은 누구인가요? 당신 누구야? 이봐요? 이봐요?"

위원회는 다시 한번 K를 쏟아붓기로 결정했다.

물속 인간

환경주의자 성명

살기 편한 세상이 될수록 더 많은 사람들이 고통 속에 죽었다. 타는 듯한 고통을 수없이 목도한 후에야 인간들은 플라스틱이나 비닐의 사용을 줄이는 것으로 환경 문제를 해결할 수 없다는 사실을 깨달았다. 세계 인구 중 80% 이상이 환경주의자였으니 이들을 특별히 '주의자'라고 칭하기도 어려웠다. 주류가 된 환경주의자들은 인간 생명에 대한 환상을 파괴하는 데 열을 올렸다.

여느 때처럼 환경주의자들이 시위를 벌이는 여름의 어느 날이었다. 환경주의자들은 우거진 숲속에 숨겨진 병원이 있다는 정보를 입수하고는 곧바로 병원 앞으로 몰려갔다. 그들은 피켓을 높이 쳐들고 자연의 이치를 거스르지 말라고 외쳤다. 과격한 일부 시위자들은 건물에 돌을 던지기도 했다. 병원을 불태우자는 외침이 여기저기서 터져 나왔다. 상황이 극에 치닫자 병원 관계자들이 두 손을 머리 위로 들고 밖으로 나왔다. 시위대가 더욱 격렬히 반응했다. 시위대를 이끄는 무리가 흥분한 사람들을 진정시키려고 애썼다. 분위기가 조금 가라앉자 환경주의자 리더가 단상에 올랐다. 그리고 강경한 목소리로 성명을 발표했다.

여러분 진정하십시오. 오늘 우리는 한 마음 한 뜻으로 이 병원 앞에 모였습니다.

연명 치료가 불법이 된 지도 10년이 넘었습니다. 연명 치료의 기준이 점차 확대되어 거의 모든 인위적 의료 개입이 사실상 불가한 상황입니다. 이제는 모두가 동등하게 아픔을 받아들이고 순리대로 죽음을 맞이하지요. 그런데 아직도 이렇게 의료 행위를 하는 파렴치한 병원이 있습니다. 산아 허가가 일시적 전면 금지되었지만 아직 갈 길이 멉니다. 인구가 기대만큼 줄지 않고 있습니다. 이렇게 숲속에 숨어 비밀리에 운영하는 병원들이 있기 때문이지요. 지구를 해치는 인간들이 계속해서 태어나고 그 알량한 목숨줄을 이어가는 이런 상황을 우리는 손 놓고 바라보고 있을 수 없습니다.

인간만이 존엄하다고 주장하는 미개한 인간들, 그들이 주장하는 바가 무엇입니까? 다른 생명은 죽든 말든 얼마나 처절하게 살든 상관없이 오직 나와 내 가족만은 오래오래 살아야 한다는 것 아닙니까? 나의 외로움을 달래줄, 번식 욕구를 충족시켜줄 자손이 필요하다는 것 아닙니까? 우리는 지구와 인류를 걱정하는 마음으로 이들을 규탄하기 위해 지금 이 자리에 섰습니다.

올해가 2100년입니다. 인간의 평균 수명이 120세를 넘었고 세계 인구는 110억을 육박합니다. 어떤 조치를 취한다 해도 환경 문제를 되돌릴 수 없다는 건 누구나 아는 사실입니다. 이렇게 된 데에는 인간의 생명을 무조건적으로 경외하는 문화가 한몫했습니다. 지난 세대가 인간만을 한없이 존귀한 존재로 여긴 탓에 푸른 유리알 같았던 지구는 완전히 망가졌습니다. 오직 인간의 편리

한 생활을 위해 기술이 발전하고 기득권의 권력 유지를 위해 경제가 성장해왔습니다. 끝도 없이 계속해서 말이죠. 그로 인한 기후 재난, 식량 위기와 같은 피해는 현세대가 고스란히 입고 있습니다. 우리는 앞으로 얼마나 더 버틸 수 있을까요? 한시라도 빨리 끝없이 타오르는 인류의 불꽃을 잠재워야 합니다.

우리는 선택해야 합니다. 살고서 죽겠습니까, 죽고서 살겠습니까? 인간은 동물입니다. 인간 개체수는 우리 자연이 감당할 수 있는 범위를 오래전에 넘어섰습니다. 자연을 파괴하는 개체가 생기면 우리는 그것들을 유해 동물로 지정하고 개체수를 조절하지요. 작금의 시대에 인간이 유해 동물입니다. 이 진실을 직시합시다.

자연의 이치를 거슬러 살고자 하는 인간의 욕망, 그것은 자연에게 해악입니다. 그래서 우리는 이 세계 모든 병원에서 행해지는 모든 행위를 규탄합니다. 내가 죽어야 우리가 삽니다. 이기심을 버리십시오. 우리는 소리 높여 주장합니다. 나의 생명은 소중하지 않습니다!

Hugo Simberg, <The Wind Blows>, 1897

자발죽음계획서

안녕하십니까? 죽음관리국입니다. 최근 몇 년간 자연
사 및 사고사가 완전히 사라지면서 모든 국민이 불안
없는 윤택한 삶을 살고 있습니다. 그러나 인구 관리의
어려움으로 인해 많은 사회적 문제가 발생하고 있습니
다. 지난 대국민 담화에서 발표한 바와 같이, 정부는 국
민들이 스스로 죽음을 결정하고 실행할 수 있는 시스
템을 구축하였습니다. 그 방법을 안내해드리고자 하니
아래 내용을 꼼꼼히 읽어보신 후 지침을 따라주시기
바랍니다.

자연사, 사고사 0%라는 기록으로 많은 분들께서 평온
한 나날을 보내셨으리라 생각됩니다. 사망뿐 아니라 출
산 역시 거의 발생하지 않아 지금까진 별다른 이슈가
없었습니다. 허나 많은 분들이 이미 알고 계시듯 실상

국민들의 정신 건강이 날로 악화하고 국가의 경제 성장이 계속해서 둔화하고 있습니다. 이렇게 오래된 삶이 야기하는 문제들이 증가하면서 부득이 자발적 죽음 관리를 시행하게 되었습니다.

모든 국민께서는 오늘로부터 한 달 이내에 자발죽음계획서를 제출해야 합니다. 이는 전 국민 공통 사항으로 예외는 없습니다. 이 게시물에 첨부된 서식 파일을 다운로드 받아 작성한 후 죽음관리국 시스템에 접속하시어 등록하면 됩니다. 온라인으로만 받는다는 점 양해 부탁드립니다. 또한 한 번 제출된 계획서는 수정이 불가하며 재등록은 연 1회로 제한하고 있으니, 아래 작성 요령과 주의 사항을 충분히 숙지한 후 제출해주시기를 요청드립니다.

자발죽음계획서 작성 요령 및 주의 사항

1. 개인 정보 : 개인 정보는 생체정보인증서를 이용하여

로그인하시면 자동 기재됩니다.

2. 일시 : 자발적 죽음을 실행할 일시를 입력하십시오. 태어난 날로부터 만 100세가 되는 날까지의 기간 중 선택 가능합니다. 충동적으로 자발적 죽음을 결정하는 것을 방지하기 위하여 40세 이하인 분들은 5년 후부터 날짜를 등록합니다.

3. 장소 : 자발적 죽음이 이루어질 장소를 등록하십시오. '검색' 버튼을 눌러 주소를 입력하거나 지도에서 상세 위치를 지정하면 됩니다. 해외의 장소를 이용할 시 해당 나라의 승인이 필요합니다. 자세한 승인 절차는 별도 첨부된 안내문에서 확인 가능합니다.

4. 실행 방법 : 자발적 죽음은 타인에게 공포감과 혐오감을 주지 않는 선에서 실행돼야 합니다. 수면 상태에서 사망에 이르는 약물 투여를 추천합니다. 그 외의 방

법일 경우 여기에 기입하십시오. 구체적인 내용은 관리국 매니저와 상담을 거친 후 최종 결정합니다.

5. 참관인 : 참관인을 등록하시면 당사자에게 초대장이 문자로 자동 발송됩니다. 증인 역할을 수행할 참관인을 최소 1인 이상 지정해야 하며 최대 20인까지 등록 가능합니다.

6. 초대장(선택 사항) : 초대장을 작성하십시오. 작성하지 않을 시 시스템에 등록된 기본 내용으로 발송됩니다.

7. 프로그램 및 이벤트 구성(선택 사항) : 특별한 죽음을 원할 시 내용을 입력하십시오. 실행 순간에 재생할 음악, 마지막 만찬, 참관인을 위한 이벤트 등을 기획할 수 있습니다. 관리국 산하의 자발적 죽음 전문 이벤트 기획사에서 진행을 도와드립니다. 프로그램 구성에 따

라 비용이 차등 발생한다는 점 유의하시기 바랍니다.

위 내용을 충분히 숙지하고 작성하시길 다시 한번 당부
드립니다.
기타 궁금한 점은 관리국으로 문의하시면 자세히 안내
해드리겠습니다.

이상입니다. 고맙습니다.

Hugo Simberg, <The Garden Of Death>, 1896

난황 인간

천국에 사람이 산다면 그들은 난황 인간의 모습을 띠고 있으리라. 난황 인간은 천국에서 바람의 장막을 타고 이 땅에 내려온 듯했다. 그들은 너무나 투명해서 세상에 존재하지 않는 것처럼 느껴졌다.

"엄마, 괜찮아요. 당신의 것을 내어주지 않아도 돼요."
어머니가 내어주는 것조차 마다할 정도로 착한 마음은 난황 인간들에게서 처음 발견됐다. 보통의 인간들은 그들을 신의 보살핌을 받는, 하늘에서 내려온 천사로 착각했다. 남의 것을 빼앗지 않는 인간은 자연적으로 탄생할 가능성이 없었으니 그런 오해를 살 만했다. 난황 인간은 난자와 정자가 수정된 후 모체에 연결되기 전까지 영양분을 제공하는 영양 주머니인 난황이 사라지지 않고 유지되면서 나타났다. 그들의 오른쪽 옆구리에 매

달려 있는 원형의 고리에서 계속 영양분이 생성됐다. 난황을 옆구리에 품고 살아가는 이들은 오로지 자기 자신에게서 살아갈 영양분을 얻었다. 그렇게 오롯하게 홀로 충분히, 충만히 살아갔다.

난황 인간들이 처음 등장했을 때만 해도 그들은 단순 돌연변이로 여겨졌으나, 그 수가 폭발적으로 늘어나면서 결국 인류의 최후 진화 종으로 받아들여졌다. 타인에게 받을 것도 내어줄 것도 없는 이기적 인간들이 선택한 진화 양식 즉, 극단적 이기利己의 시대가 착한 난황 인간을 탄생시켰다는 주장이었다. 마침내 난황 인간은 인류 보편이 되었다. 남의 것을 빼앗지 않아도 생존이 가능한 인간 종이 살아가는 세상은 존재하지 않는 듯 고요했다. 그들은 누구와도 연결될 필요가 없으니 더욱 그랬다. 세상은 고요와 고독으로 채워졌다. 난황 인간들은 결국 인간이란 존재마저 떼어버리고 난황으로 스며들었다. 순수한 난황이 되었다.

지옥에 사람이 산다면 그들은 난황 인간의 모습을 띠

고 있으리라. 난황 인간은 지옥에서 불길의 장막을 뚫고 이 땅에 내려온 듯했다. 그들은 너무나 자기己로 가득해서 세상에 존재하지 않는 것처럼 느껴졌다.

난황 인간

빠져나갈 구멍

"다 살고 오셨군요. 삶이라는 임무를 다하셨으니 이제 수챗구멍으로 들어가는 일만 남았습니다. 저 좁은 구멍으로 어떻게 들어가냐고요? 걱정 마세요. 그래서 제가 있는 겁니다."

세신사는 부드러운 손길로, 기력이 없어 등도 제대로 펴지 못하는 인간을 부축하며 탕으로 안내했다. 이어 목을 받치며 그를 조심스럽게 탕에 누였다. "비로소 때를 밀 때"라며 농을 건넸지만 다 살고 온 인간은 웃지 않았다. 유치한 농담에 웃을 기분이 아니었다. 드디어 이 고약한 역할극이 끝나고 무無라는 신의 품으로 돌아갈 기대에 차 있었지만, 비교적 마른 몸인데도 도저히 저 작은 구멍으로 들어갈 방도가 보이지 않으니 막막하기만 했다. 명치에 맺혀 있던 응어리가 목구멍을 타고 올라와 눈가에서 터졌다. 세신사는 그의 어깨에 가만히 손을 올리며 다정스레 말했다.

"빠져나갈 구멍은 여기뿐이에요. 별다른 수가 없어요. 껍질을 벗겨내야죠. 우선 몸을 불릴 겁니다. 당신의 이 거칠고 뻣뻣한 살이 부들부들해질 때까지요."

그제야 자기가 처한 상황을 받아들인 인간은 힘겹게 눈을 벌려 주변을 둘러보았다. 여긴 어디지? 이렇게 우스운 꼴로 끝을 맞이하게 되는 건가? 자세도 가다듬고 벌거벗은 몸을 좀 가리고 싶었지만 그럴 수 없었다. 그에겐 손가락 하나 까딱할 힘도 남아 있지 않았다. 세신사는 다 살고 온 인간의 이마에 손을 얹었다. 다정히 얼굴을 쓸어내리며 눈을 감겨주었다. 그의 손길은 적당한 온도로 우려낸 향긋한 찻물 같았다.

"눈을 감고 편히 계세요. 당신에게 남은 삶의 의지는 숨 쉬는 것뿐이에요. 여기선 아무것도 할 필요가 없고 할 수도 없답니다. 그저 숨을 들이마시고 내쉬세요. 중요한 건 들이마시는 것보다 한 줌 더 많이 내쉬는 거랍니다."

숨을 쉴수록 몸과 세계의 경계가 흐려졌다. 알맞게 몸이 불었다 싶었을 때쯤 세신사가 때밀이 타월을 한쪽손에 끼워 넣었다. 탁탁, 시작하겠습니다. 세신사는 불어서 물렁해진 살을 타월로 문지르기 시작했다. 오래묵은 때는 거무죽죽했다. 때가 후드득 떨어지고 이내스르르 녹았다. 잿빛이 되는 물을 보며 다 살고 온 인간은 다시 살고 싶었다. 결국 벗겨내야 할 저 덕지덕지한 오물이 되려고 살아냈던 거였나, 한탄하며 올라오는구역질을 꾹꾹 눌렀다.

"이게 더럽게 느껴지나요?"

다 살고 온 인간은 안간힘을 다해 두 팔로 무릎을 안고동그랗게 웅크렸다. 완전한 원이 될 것처럼 아무 말 없이 얼굴을 다리 사이에 밀어 넣었다. 세신사는 벅벅 손을 움직이며 말을 이었다.

"오랜 시간 수많은 인간들의 때를 밀며 깨달은 게 있어요. 티 없이 맑은 마음이 더 악하고 추하단 거예요. 이 깊은어둠이야말로 선하고 아름다운 겁니다. 모든 색을 담고 있잖아요. 늙는 거, 낡아지는 거는 사실 품는 거예요."

그 사이 목욕물은 잿빛에서 밤빛이 되고 다 살고 온 인간은 위아래 두 개의 구멍만 남은 덩어리가 되었다. 세신사는 양손으로 위쪽 구멍을 단단히 잡고 말했다.

"놀라지 마세요. 이제 당신을 뒤집을 거예요."

순식간에 안과 밖이 뒤집히며 속 안에 고여 있던 것들이 왈칵 쏟아져 나왔다. 황홀한 악취가 퍼졌다. 썩고 뭉개진 시간들이 욕조를 가득 채웠다. 세신사는 당황한 기색 없이 타월로 뒤집어진 속살을 문질렀다. 계속해서 때를 벗겨냈다. 살아온 결정들과 살아낸 결정들이 후드득 떨어지고 스르르 녹았다. 한 톨만 해진 인간은 더 이상 느낄 수도 생각할 수도 없게 되었고, 비로소 완벽한 암흑이 되어 작은 수챗구멍으로 빠져나갔다.

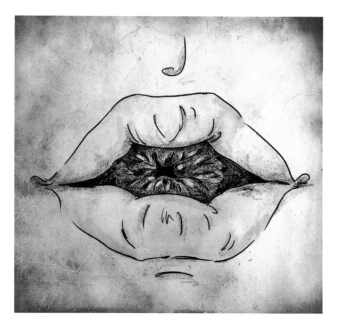

빠져나갈 구멍

머리를 빠뜨린 광인

그 인간은 또 술상 앞에서 꾸벅꾸벅 졸다 그만 제 술잔에 머리를 빠뜨렸다. 술상 위로 술이 넘쳐흐르고 술잔엔 동그란 머리가 동동 떴다. 마주 앉은 이들 중 하나가 미간을 구기며 혼잣말로 중얼거렸다.

"한심하다, 한심해. 완전히 미쳐버렸군."

머리를 빠뜨린 광인은 무슨 일이 생긴지도 모른 채 멀뚱멀뚱 눈알만 굴렸다. 자신이 빠진 건지 저들이 잠긴 건지 분간이 되지 않았다. 눈앞이 어른거려 고개를 흔들어보았지만 소용없었다. 순간 술상에 둘러앉은 목소리들이 파도처럼 입안으로 들이쳤다. 허억, 컥컥. 내뱉을 새 없이 밀려들어왔다. 미친 게 분명하다는 판정들이 다문 입술을 벌리고 가윗날 같은 비난들이 광인의 목젖을 쳐댔다. 제발, 그만. 그러는 사이 광인의 머리는 서서히 녹았다. 동동 동동. 허물어져가는 기분에 광인은 술을 한 모금 들이켰다. 좋았다.

정신이 조금 드는 건가 싶을 때 지나가던 한 사람이 술상 앞에 섰다. 온화한 미소를 지으며 술상에 앉아 있는 사람들에게 함께해도 되겠느냐고 물었다.

"그럼요, 그럼요. 여기에 앉으시지요."

온순하고 부드러운 모습에 어떤 문제도 일으킬 것 같지 않아 보이는 그를 마다할 이유가 없었다. 온화한 미소의 인간은 온화한 미소를 유지하며 의자를 빼 광인의 자리에 앉았다. 광인은 속수무책으로 자신의 자리에 앉는 그를 지켜볼 수밖에 없었다. 대체로 적당하고 가끔 미묘하게 선을 넘나드는 대화가 오갔다. 언제 무슨 일이 있었냐는 듯 모두가 자리를 즐겼다. 광인의 눈에는 뻐끔거리는 얼굴들이 흩어졌다 모이고 다시 흩어졌다 모이는 걸로 보였다.

분위기가 무르익자 온화한 미소의 인간은 그 앞에 놓인 술잔을 들어 한 입, 두 입 홀짝였다. 술잔 속 광인의 머리는 형체를 알아볼 수 없을 만큼 녹아버렸다. 술잔을 홀짝거리던 온화한 미소의 인간의 몸이 조금씩 젤처럼 풀어지더니 이내 툭, 텅 소리와 함께 술잔에 머리가 떨어졌다.

머리를 빠뜨린 광인

묘기하라

가느다란 목이 커질 대로 커진 머리를 지탱하지 못하고 앞으로 고꾸라졌다. 툭, 떨어진 머리는 동백꽃마냥 스르 스륵 바닥을 굴렀다. 그러다 마침내 땅을 발견했다. 얼굴 한쪽 면을 바닥에 괴고 손끝부터 팔꿈치로 이어지는 면을 지지대로 삼아 몸을 세워보았다. 몇 번의 시도 끝에 물구나무서기에 성공했다. 어, 생각보다 어렵지 않았다.

"고개를 똑바로 들라"는 세상의 구호에 어느 누구도 왜 그래야 하냐고 묻지 않았다. 그저 긴 몸을 곧추세우고 무거운 머리를 꼭대기에 매단 채 휘청거리며 살았다. 어깨가 뻐근하고 허리는 쑤셨다. 다리가 붓기도 일쑤였다. 그럼에도 인간들은 고개를 들어 앞을 내다보고 때론 위로 쳐들어 하늘을 보아야 한다고, 굳게 믿었다. 머리의 시대였다.

머리의 무게를 버티지 못한 한 인간이 우연히 물구나무서기를 해냈다는 소식은 삽시간에 온 마을에 퍼졌다. 괴상하고 기이한 것에 대한 호기심이 발동하여 그의 묘기를 구경하러 수많은 사람들이 몰려들었다. 예상 외로 물구나무선 인간의 몸에서 일어나는 현상들은 괴기하지 않았다. 신비로웠다. 구멍에서 구멍으로 이어지는 창자에서 음악이 흘러나왔다. 꾸르륵꾸르륵. 오므라진 항문에서는 무어라 떠드는 말이 터져 나왔다. 부드득부드득. 그것은 단순히 생체 활동에 의한 소리가 아니었다. 부름이자 노래이며 외침이었다. 그 소리를 알아들을 수 있는 이들이 많진 않았지만 귀 밝은 몇몇은 창자가 부르는 부름과 노래와 외침을 똑똑히 들었다.

물구나무서기의 시작은 묘기였으나 어느새 정상적 일상이 되었다. 너도나도 물구나무서기에 도전했다. 점차 더 많은 이들이 해내면서 새로운 구호가 세상을 울렸다. "묘기하라. 모든 것이 배에서 이루어지리라." 그렇게 머리의 시대가 저물고, 창자가 사유하고 생식기가 깨닫는 시대가 도래했다.

묘기하라

수치 절제술

인간은 태어날 때 부끄러웠다. 너무나 수줍어서 눈을 맞추기도 고개를 가누기도 힘들었다. 그저 악을 쓰고 울어댈 수밖에 없었다. 태어날 때 부끄러웠다는 기억을 인간들은 가장 먼저 잊었지만 부끄러움은 늘 거기 있었다. 축축하고 부드럽고 따뜻한 그곳, 바로 혀 아래다. 부끄러움이 터져 나올 때 혀 아래를 지그시 누르면 새콤한 신맛이 감돌았다. 그 맛을 느끼며 여전히 거기 있구나, 했다. 연약한 부끄러움은 능란한 입술과 단호한 이의 보호를 받으며 때때로 자신의 존재를 드러냈다.

하지만 부끄러움이란 건 하등 쓸모가 없지 않은가. 열등감과 죄책감, 후회, 그에 따른 우울감까지. 부끄러움은 긍정적이고 진취적인 삶에 걸림돌이 될 뿐이다. 그래서 많은 이들이 부끄러움을 느끼는 것을 수치스러운 일로 여겼고, 부끄러움을 제거하기 위해 병원을 찾았다.

"아, 해보세요. 혀를 위로 올리고 더 크게."

의사가 벌린 입을 장치로 단단히 고정하고 얇은 기구로 혀 아래를 지그시 누른다. 그러자 연보랏빛 진물이 미끄러져 나온다. 위치를 확인한 의사가 메스로 긋는다. 아몬드 모양에 매끄러운 결을 가진 부끄러움이 모습을 드러내고, 의사는 가차 없이 그것을 도려낸다.

'어떤 것에도 부끄러움을 느끼지 않으면 더 많은 성취를 이룰 수 있을 거다.' 많은 이들이 그렇게 믿고 수술을 받았다. 수치를 절제한 인간들은 자신이 조금 더 완전해진 것처럼 느꼈다. 물론 수술을 거부하는 인간들도 있었다. 찬성론자들은 절제술 거부자들을 실패자로 낙인찍었지만 거부자들은 일관되게 부끄러움을 지켜야 한다고 주장했다. 부끄러움이 사라지는 세계에서 부끄러움은 더 자주 화두에 올랐다.

"옛날엔 사람들이 무슨 행동을 하든 마음 한구석에서 어떤 부끄러움을 느꼈지. 나약하고 취약했거든. 우린 그 소중하고 귀한 걸 잃고 있는 거야. 어떻게 이런 세상이 올 수가 있나?"

거부자들은 부끄러움이라는 비효율적인 감정 때문에 사회에서 뒤처진다는 걸 알면서도 부끄러움을 고수했다. 부끄러워하지 않는 인간들을 보며 부끄러움의 소중함을 여실히 느꼈고, 부끄러움을 통해 삶의 의미를 발견했다.

"산다는 건 부끄러움을 견디는 일이야. 인간이라면 부끄러울 줄 알아야 하지. 수줍음이 인간을 인간이게 하는 본질이니까. 그러니까 인간을 구원하는 건 부끄러움이라고 할 수 있어. 우린 부끄러움을 제거할 게 아니라 그것에 대해 면밀히, 더욱 면밀히 생각해야 해."

수치 절세술 유행이 한풀 꺾이고 얼마 지나지 않아 수치 재건술이 시행되기 시작했다. 혹시 모르는 마음에 수치를 보관해두었던 이들만 가능한 수술이었다. 그들은 재건술로 수줍음, 창피함과 난처함, 수치스러운 느낌과 당혹스러운 기분 같은 것들을 되찾고자 했다.

인간이 부끄러움을 벗어던지자 효율적이고 정형화된 삶을 살 수 있게 되었으나, 그뿐이었다. 그것으로 끝이었다. 부끄러움을 제거한 인간들은 자신이 죽어 있는 것처럼 느껴졌다.

절제술을 받은 대다수가 수치 제거를 후회하고 재건술을 받았다. 다시, 살아야 했다. 부끄러움을 다시 얻은 인간들은 혀 아래서 감도는 새큼한 신맛을 음미하며 이렇게 말하곤 했다.

"미약하고 미성숙한 것이야말로 아름답지. 산다는 건 나의 부끄러움을 견디고 남의 부끄러움을 보살피는 일이야."

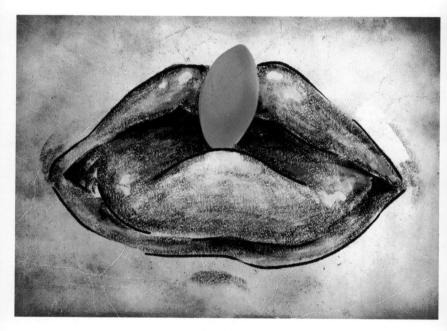

수치 절제술

기침하는 인간

언제부턴가 기침하는 인간은 시도 때도 없이 속이 간지러워 기침을 해댔다. 숨을 들이마시면 가슴 어딘가 아기의 솜털로 살살 건드리는 듯한 간지러움을 느꼈다. '이 정도는 견딜 수 있어' 하고 참아보려 해도 쉴 새 없이 기침이 터져 나왔다. 대수롭지 않은 증상으로 치부했지만 시도 때도 없이 터져 나오는 마른기침은 영 불편하고 성가셨다. 그래서 약을 먹어보기로 했다. 기침의 원인을 알 수 없으니 일단 세상의 모든 약을 먹어보기로 했다. 그래도 증상이 멈추지 않자 사람들이 한마디씩 거들며 수군거렸다.

"어떤 약도 듣질 않네요. 어쩌면 어디가 아픈 게 아닌지도 몰라요. 몸에는 아무 이상이 없는데…"

약이 듣지 않는다고? 아무 이상이 없다고? 어처구니가

없었다. 기침하는 인간은 기침의 원인이 무엇인지, 아니 기침이 병증인지 아닌지도 알아낼 수 없었다. 사람들에게 동정 받기는커녕 손가락질 당하는 것이 다행인지 불행인지 판단이 서지도 않았다. 결국 그는 이런 결론을 내렸다. 고통이라 명명할 수도 없는 이 하찮은 병증은 신이 내린 벌이다. 누구도 이해하지 못하는 고독한 형벌이다. 그리하여 기침하는 인간은 독방에 들어가 문을 걸어 잠갔다. 스스로를 격리하자 마음이 조금은 진정되었다. 쉴 새 없이 터져 나오던 마른기침도 잦아든 듯하여 지금 이대로가 좋다고 생각하던 그때 똑똑똑, 누군가 문을 두드렸다. 문 앞엔 "어디가 아픈 게 아닌지도 몰라요"라고 한 이가 서 있었다.

"무슨 일이시죠? 쿨럭."

기침이 다시 터져 나왔다. 몸을 휙 돌렸지만 수치와 분노, 난감함과 당혹스러움이 한꺼번에 쏟아져 나왔다. 순간 등 뒤로 쿨럭, 기침 소리가 들렸다.

"모두 당신과 같은 증상이에요. 쿨럭. 당신이 사라지고 한 명씩 마른기침하는 사람들이 늘어나더니 이제는 셀 수도 없어요. 쿨럭. 처음엔 아무렇지 않았어요. 마른기침일 뿐이잖아요. 쿨럭. 그러다 가슴이 찌르르 아프고 귀가 따끔거릴 정도로 기침을 하는 사람이 나타나기 시작했죠. 쿨럭 쿨럭. 네, 맞아요. 저를 포함해서요."

기침하는 인간은 뜻밖의 방문객이 하는 말을 더 들어보기로 했다. 방문객은 중간 중간 기침을 하면서도 열심히 말을 이었다. 기침하는 인간은 어느새 몸을 돌려 그의 이야기에 빠져들어 있었다. 그의 설명에 따르면 대다수가 독방에 들어갔고, 소수만이 남아 서로의 기침을 함께하며 버텼는데 그러던 중 한 가지 사실을 발견했다는 것이다. 그리고 이어진 한마디에 기침하는 인간은 귀가 번쩍 뜨였다.

"숨의 질. 그러니까 결국 기침은 숨의 질 때문이었어요."

방문객의 권유로 기침하는 인간이 도착한 곳은 커다란 역사驛舍였다. 오가는 사람들로 북적였을 중앙 홀에는 적막이 흐르고 있었다. 자세히 보니 역사 바닥엔 푹

신한 매트가 가득 깔려 있고 그 위로 수백 명의 사람들이 옆으로 돌아누워 곤히 자고 있었다. 대다수가 옆 사람과 얼굴을 맞댄 자세였으며 몇몇은 옆자리를 비워둔 상태였다. 그 광경을 바라보던 기침하는 인간은 순간 쿨럭 쿨럭 기침이 터져 나와 손으로 입을 틀어막았다.

"힘드시죠? 이쪽으로 오세요."

방문객이 기침하는 인간의 등을 다독이며 한쪽 벤치에 나란히 앉았다. 쿨럭 쿨럭 기침 소리가 간간히 장내를 울렸다. 기침하는 인간은 여기 오기 전보다 자신의 기침이 잦아들었다는 사실을 알아차리진 못했지만 사람들이 색색거리며 잠을 자는 그곳에 평온한 기운이 감돈다는 것은 분명하게 느꼈다. 방문객이 입을 열었다.

"기침이 일상이 되니 많은 게 달라졌어요. 중요한 게 뭔지에 대한 사람들의 생각이 바뀌었죠."

기침하는 인간은 기침하지 않았던 때를 떠올렸다. 속은 척하지만 자신은 결코 속지 않아야 하고, 상대는 절대 속지 않을 사람처럼 느끼게 만들며 교묘하게 속여야

했다. 그렇게 서로를 속여야만 살아남는 전쟁터에서 뒷배를 봐주는 것들을 든든하게 쌓아놓았다. 선한 삶은 아니었지만 한발 더 나아가기 위해 부단히 애쓴 기특한 인생이었다. 그런데 이제 좀 편하게 살아보려는 차에 기침이라는 복병을 만난 것이다. 쿨럭 쿨럭. 기침하는 약한 모습을 적들에게 절대 보일 수는 없었다.

방문객은 곤히 자고 있는 사람의 옆자리에 기침하는 인간을 눕혔다. 길게 설명하는 것보다 한번 경험하는 게 이해하기 쉬울 거라는 말을 덧붙이곤 자신도 다른 이의 옆에 누웠다. 기침하는 인간은 조금 당황스러웠지만 그가 하라는 대로 따랐다. 낯선 이와 얼굴을 맞대고 누워 눈을 감았다. 따뜻하고 촉촉한 숨이 느껴졌다. 콧잔등에 씨앗 같은 물방울들이 맺혔다. 이렇게 가까이서 누군가의 깊고 그윽한 숨을 맡아본 건 자신의 갓난아이를 끌어안고 잤을 때 이후로 처음이었다. 그랬다. 기침하는 인간에게도 따뜻하고 촉촉한 숨을 내뿜는 갓난아이가 있었다. 기침하는 인간은 그 순간 독방에 들어갔던 첫날을 떠올렸다. 그동안 잊고 있던 그날의 진실을 기억해냈다. 기침하는 인간은 독방에 들어가던 날 죽어야겠다고 다짐했었다. 그랬다. 죽으려고 독방에 들어갔던 것이다.

기침하는 인간은 이 촉촉하고 따듯한 숨만 있다면 살수 있을 것 같다는 생각을 했다. 그리고 문득 깨달았다. 마른기침이 자신이 내뱉고 마시던 죽은 숨 때문이었다는 것을. 죽은 숨殺氣과 살아 있는 숨生氣 사이에서 늘죽은 숨을 택했던 것이 마른기침의 원인이었음을 알아차렸다. 놀랍게도 기침하는 인간은 더 이상 기침을 하지 않았다.

기침하는 인간은 몸을 일으켜 치료를 마치고 그를 기다리고 있던 방문객에게 다가갔다. 자신도 살아 있는 숨을 보태고 싶은데 가능하겠느냐고 물었다.

"물론이죠. 숨을 보탤 방법은 많습니다."

둘은 역사를 나와 광장으로 갔다. 기침이란 재난이 휩쓸고 간 광장 역시 많이 변해 있었다. 세상은 더 이상

속고 속이는, 너 죽고 나 사는 전쟁터가 아니었다. 광장
엔 놀이하는 숨과 노래하는 숨, 산책하는 숨과 기도하
는 숨, 온갖 생기生氣가 분별없이 뿜어져 나오고 있었다.
모두가 얼굴을 맞대고 서로를 들이마셨다. 따듯하고
촉촉한, 한없이 무해한 숨이었다.

기침하는 인간

발뺌

그를 데려오라는 명을 받은 사자使者와의 면담 시간이었
다. 저승으로 함께 가야 한다는 사자에게 억울한 인간
은 그럴 수 없다며 제 억울함을 쏟아냈다.

"갈 때 가더라도 하나는 짚고 넘어가야겠어요. 나는 살
겠다는 의지를 품은 적 없습니다. 일단 태어났으니 살
긴 했지만, 죽기 전에 알고 싶습니다. 도대체 누가 나에
게 삶을 부여한 것입니까?"

사자는 지금껏 그런 걸 물은 인간은 아무도 없었으며
물었다 하더라도 자신은 모르는 일이니 답해줄 수 없
다고 했다. 대답이 마뜩잖은지 입을 꾹 다문 채 노려보
기만 하는 그의 태도에 사자는 여간 난감한 게 아니었
다.

"당신 말마따나 살고자 한 적 없으니 이제 그냥 좀 출

발하는 게 어떨까?"

사자의 말에 억울한 인간은 굳은 얼굴로 책상을 강하게 내려치며 말했다.

"나는 지금껏 내 삶의 책임자를 찾아왔습니다. 내가 미리 알았다면 한사코 거부했을 삶이란 짐을 내게 부과한 자를 말입니다. 그런 엄청난 짓을 했다면 책임을 져야 할 거 아닙니까? 그런데 말예요. 모두가 발뺌하더군요."

오랜 세월 이어온 심부름꾼 노릇이 지겨운 차였다. 사자는 의자를 끌어당겨 자세를 고쳐 앉고는 정말 억울한 모양이군, 하며 그의 이야기를 들어주기 시작했다.

"맨 처음, 어머니를 용의선상에 올렸습니다. 어머니는 손사래 치며 자기는 아니라고 하더군요. 당신 말로는 내가 네 아빠와 일을 치르긴 했는데 떡하니 네가 나올 줄을 미처 몰랐다는 겁니다. 이어서 이럽디다. '태어난 걸 후회한다면 미안한 일이기는 하지만, 나라고 별 수 있었겠니?' 이게 말이 됩니까?

다음은 아버지였는데 뭐 말 안 해도 뻔하죠. 아버지는

자신으로선 그런 거에 대해 알 길이 없댔습니다.

다음으로 나의 유전자를 불러냈습니다. 유전자가 나를 결정지었다고 하니 뭔가 알지 않겠나 싶었죠. 그런데 유전자는 자신은 설계도일 뿐 인간이 발생한 데에 관여한 바는 없다고 하더군요. 외모와 체질, 성격의 밑그림을 그리긴 했지만 그런 것들을 실제로 만들어낸 것엔 책임 없다는 주장이었습니다. 듣고 보니 맞는 말이었죠."

사자는 연신 고개를 끄덕이며 발뺌하는 자들의 주장에 동의한다는 뜻을 비쳤다. 억울한 인간은 한층 더 고조된 목소리로 다음 용의자에 대해 이야기했다.

"태양은 어떤 반응이었는지 알아요? 지금껏 본 적 없는 완벽한 비웃음이었습니다. 저는 태양이 만물의 근원이라고 믿었습니다. 태양은 세상을 밝히고 생명을 자라게 하니까요. 내가 물었죠. 태양이시여, 당신이 나를 이 세계에 태어나게 한 책임자입니까? 그러자 태양이 이러는 겁니다. 자신은 그저 있는 그대로 존재할 뿐, 그 외에 어떤 일도 목적에 두지 않는다고요. 그러고는 눈에 보이지도 않는, 먼지보다 작은 인간이란 생명체에 자신이 관여할 것 같으냐고 오히려 되묻더군요. 절로 고개가 숙여졌죠. 부끄럽더군요."

턱을 만지작거리던 사자는 슬슬 긴장되기 시작했다. 태양까지 나왔으면 다음에 나올 대상은 뻔하지 않은가. 사자는 초조한 마음에 손바닥을 비비면서도 억울한 인간의 입에서 눈을 떼지 못했다.

"이제 누가 남았겠습니까? 나는 신을 본 적 없어요. 어떤 방식이로든 느껴본 적도 없죠. 나는 무신론자입니다. 허나 모두가 내 삶과 죽음에 대해 모르쇠 하는 이상 신이 있다고 가정할 수밖에 없었죠. 사자여, 나를 데려가려면 먼저 신을 불러주십시오. 내 죽기 전에 신을 만나봐야겠습니다."

예상했던 바였지만 사자는 당혹스러웠다. 신이라니. 신의 명령으로 이 일을 하고 있지만 신을 직접 본 적은 없었다. 사자는 당황한 기색을 감추고 억울한 인간의 손목을 덥석 잡았다. 그러고는 그를 이끌고 어딘가로 향

했다. 그들이 도착한 곳은 신이 있을 법한 성전이었다. 높고 커다란 성전의 천장은 뚫려 있었고 밝은 빛이 아래로 쏟아져 내려왔다. 눈이 부셔 보이지 않는 빛 아래로 사자가 들어가고 잠시 후 신이 나타났다. 신이 말했다.

"억울한 인간아, 네가 그토록 찾던 발뺌한 자를 찾았다. 그건 바로 그대이다. 누군가 몸을 만들어내고 너의 의식을 거기에 넣었다고 생각했겠지. 터무니없는 소리. 네가 너를 낳았으며 네가 어머니를 낳았고 네가 태양을 낳았으며 네가 나를 낳았다. 그것이 너의 삶과 죽음에 관한 유일한 진실이다."

진실이 밝혀지던 그 순간, 신은 사자의 형상으로, 다시 억울한 인간의 모습으로 바뀌었다.

Hugo Simberg, <At the Crossroads>, 1896

셀로부터

모든 것은 셀로부터 시작됐다. 네 개의 변이 네 개의 직각을 이루는 셀이 있고, 영혼들은 변 하나를 열어 그 안으로 들어갔다. 셀은 끝없이 자기 복제를 하였기 때문에 세상에 존재하는 무한 수의 영혼들이 거처할 자리는 충분했다.

인간들은 셀 속에 살았다. 영혼은 거기에 자신을 가두고 인간이 되었다. 그곳은 안전하긴 하지만 살아서 나갈 수 없는 틀이자 감옥이었다. 각각의 셀에는 고유한 수식이 걸려 있었는데 물론 그에 따른 결과 값도 정해져 있었다. 각각의 수식과 값은 다른 셀들과 얽히고설켜 있어 하나가 바뀌면 다른 셀의 그것들도 바뀌었다. 셀들의 군집은 살아 있는 유기체처럼 작동했다. 그래서 한 인간의 변화는 전혀 상관없어 보이는, 저 멀리 떨어져 있는 인간에게 영향을 미쳤다.

그 안에서 살아도 너무 오래 살았던 것인지, 언젠가부터 셀 안의 인간들이 의문을 가지기 시작했다. 인간의 실체는 무엇인가, 하는 것이었다. 단단하고 변하지 않는 자기 존재의 본질이 무엇인가, 하는 것이었다.

'나는 셀인가? 아니면 수식인가? 그도 아니면 값인가?'

그저 자리일 뿐인 셀은 아닐 것이다. 복잡하고 어려운 계산식일까? 그도 아닌 듯하다. 그렇다고 시시각각 바뀌는 값이라는 건 더더욱 말이 되지 않았다. 둘러싸인 네 개의 변을 아무리 두드리고 밀어보아도 도무지 답을 찾을 수 없었다. 죽어서야 나갈 수 있겠구나, 꼼짝 없이 갇혔다, 싶었을 때 한 인간이 일어섰다.

셀에서 벌떡 일어선 그의 발밑엔 이차원의 네 개의 선이 누워 있었다. 일어선 인간은 발을 들어올렸다. 그러고는 선을 훌쩍 넘었다. 그렇게 일어선 인간은 살아서는 나갈 수 없는 틀을 살아서 나갔다. 죽어야 나갈 수 있는 감옥을 죽지 않고 나갔다. 비로소 일어선 인간은 그동안 믿어왔던 실체의 실체를 알아냈다.

셀로부터

우주를 쏟은 인간

어두컴컴한 볼bowl에 우주를 쏟은 다음 휘휘 저어 가만히 바라보았다. 잠시 후 보이는 빛나는 알갱이 하나. 우주를 쏟은 자는 자신을 태우며 빛을 내고 다른 것들에 빛을 내어주는 별을 보는 것이 좋았다. 우주에서 유일한 그 별은 빛나는 인간이었다. 그는 우주를 유영하며, 제 힘이 다할 때까지 빛을 내는 임무를 수행했다. 빛나는 인간은 자신이 처한 운명에 대해 자세히는 몰라도 이렇게 살다 죽는다는 것쯤은 알았다. 살다가 죽을 거라는 것 외에 알 수도 없고 알아서도 안 될 것 같았지만, 그는 때때로 우주를 생각했다. 여기가 시작된 곳이고 저기가 끝나는 곳이라 생각해보았다. 그러다 아니다, 여기가 끝나는 곳이고 저기가 시작된 곳이라고 생각해보았다. 그냥 생각해본 것일 뿐 별다른 의미는 없었다.

시간이 흐르며 빛나는 인간은 조금씩 빛의 세기가 줄었고 그에 따라 우주가 담긴 볼도 점차 어두워졌다. 우주를 쏟은 자는 그 모습을 그저 지켜볼 수밖에 없었다. 보는 재미를 잃으니 사는 게 사는 것 같지 않았다. 어둠도 없는, 그러니까 존재하지 않는다는 개념도 있을 수 없는, 그런 무서운 곳에서 두 손 가득 떠온 우주였는데, 그 별은 거기에서 존재하는 유일한 별이었는데, 그것을 잃는다 생각하니 더는 살 수 없을 것 같은 기분이었다. 우주를 쏟은 자는 잠시 고민하는 기색을 보이더니, 이제는 완전히 검어진 볼로 뛰어들었다. 빛을 잃고 늙고 추해진 그 별을 찾아보았지만 찾을 수 없었다.

이런 상황을 예상했던 것일까. 우주를 쏟은 자는 더 이상의 탐색을 멈추고는 양팔을 앞으로 쭉 뻗어 볼의 한쪽 면을 힘껏 밀었다. 볼이 기우뚱하며 넘어지고 우주가 쏟아졌다. 우주를 쏟은 자는 물 밖을 나온 물고기처럼 헐떡거렸다. 빛을 잃어가는 눈으로 아무것도 없을 수가 없는데 아무것도 없는 그곳을 바라보았다.

우주를 쏟은 자는 혹시 자신이 볼 속의 바로 그 별이었던 것은 아닌가, 생각해보았다. 아니다, 그런 건 착각이고 망상일 거라고 다시 생각해보았다. 그러나 이 모든 것은 그저 생각해본 것일 뿐 별 다른 의미는 없었다.

우주를 쏟은 인간

종말 취소

종말이 취소됐다. 사실 종말이 올 거란 단언은 악마의 농담이었다. 악마는 자신이 뱉은 시답잖은 한마디에 대혼란이 세상을 덮치는 걸 보고 싶었다. 이 세계가 사라질 거라 하면 인간들이 극악으로 치달으리라 믿었던 것이다. 그들이 이룩한 견고한 체계와 촘촘한 규율들이 무너지는 광경을 기대했는데, 이게 웬일인가. 종말 예언에 인간들은 난생 처음, 진정으로 선해졌다. 나만 죽는 것이 아니라 모든 너도 죽는다는 사실은 뜻밖의 결과를 낳았는데, 그것은 사랑과 평화였다. 악마는 인간들에게 물었다.

"도대체 무슨 일인가? 종말이 온다는데 왜들 이러고 있는 것이냐? 너희들이 가진 이기심의 절정을 보여줘야지, 이게 허허실실 웃어댈 일인가?"

인간들은 너른 곳이면 어디든 모여 서로에게 기대어 자신들이 처한 운명을 애도하고 위로했다. 그 풍경은 슬프고도 아름다웠으며 잔잔하고도 소란스러웠다. 이런 행태를 보인 이유는 단순했다. 종말이 올 거란 이야기를 들은 인간들은 지금까지와 다른 삶을 사는 것이 마땅하다고 판단했다. 여태껏 결코 하지 않은 일들을 하기로 했는데, 그들이 할 수 있는 일은 몇 가지 없었다. 그것은 타인을 돕고 사랑하는 일이었다.

"우린 원하지 않는 것들을 좇으며 살았습니다. 두려움에 떨며 도망치다 되레 그 두려워하는 것들에 끌려다닌 삶이랄까요?"

악마는 고개를 끄덕였다. 그가 내려다본 인간 사회는 정말 그랬다. 가난과 질병, 늙어감과 초라함, 외로움과 무력감 등에 시달리다가 결국 가장 피하려 했던 그곳으로 되돌아가는 걸 수도 없이 목격했다. 그 과정에서 서로를 물고 뜯는 아비규환은 그가 가장 즐겨 보았던 광경이기도 했다.

종말을 준비하며 인간들은 금세 알아차렸다. 물질적 생존과 유전적 존속이 의미 없어진 마당에 굳이 자기 자신을 지키느라 진을 뺄 필요가 없다는 사실을 말이다. 오히려 홀가분하게 죽음을 맞이하면 되었다. 언젠가 죽을 일이었는데 한 날 한 시에 다 함께 죽는다니 이보다 깔끔한 종결은 없었다. 떠나보낸 가족을 그리워 할 일도, 남겨질 가족 걱정에 슬퍼할 일도 없으니 그랬다. 그 어느 때보다 머리가 가뿐해진 인간들은 그들이 생전 해본 적 없던, 우습게 여기기만 했던 사랑과 평화라는 것을 추구하게 되었다. 그렇게 종말 예언은 조용히 내리는 눈송이들처럼 이 세상에 축복을 뿌렸다.

"사랑을 해보니 알겠더라고요. 사랑이란 건 타인을 향해 있지 않습니다. 상대에게 사랑할 만한 가치가 있어서 그를 사랑하는 게 아니라는 말입니다. 상대가 누구인지는 상관이 없어요. 사랑한다는 건 남은 생을 즐겁게, 행복하게 살려고 그냥 하는 것이죠. 도망칠 대상이 없는 세계에서 내가 나 자신을 위해 할 것이라곤 사랑밖에 뭐가 더 있겠습니까?"

뒤통수를 제대로 맞았다. 악마는 다리를 꼬고 앉아 턱을 괸 채 미동도 하지 않고 생각에 잠겼다. 다리가 저릴 법도 한데 한참을 그러고 있으니 웃고 있던 인간들의 낯빛이 흐려졌다. 종말을 코앞에 둔 상황에서 무슨 해괴한 일이 일어나든 대수로울 것은 아니었지만, 어쨌든 그는 악마가 아닌가. 어떤 패악을 부릴지 모른다. 돌아가는 모양새가 심상치 않다고 여긴 인간들이 웅성거리기 시작했다. 그러는 와중에 갑자기 악마가 무릎을 탁 치더니 결심한 듯 일어서며 외쳤다.

"안 되겠다. 종말은 취소다."

뭐라고 한 거지? 지금 한 말 들었어? 잘못 들은 걸 거야. 설마 그럴 리가. 악마의 입에서 이어지는 말이 없자 순간 모두들 눈이 휘둥그레졌다. 이건 진짜구나.

"제기랄!"

제일 먼저 현실을 깨달은 인간의 외마디가 공터에 울려 퍼지자 세계가 일시 정지한 듯 몇 초간 멈추었다. 귀하고 영광스러운 삶을 다시 얻은 인간들은 공포에 질려 사방팔방 뛰어다니며 난타와 난도질을 시작했다. 서로를 물고 뜯는 아비규환이 다시 시작되었다.

Hugo Simberg, <The Poor Devil By The Fire>, 1897

걸음 무덤

죽는대서 좋았다. 더 이상 할 일이 없겠구나, 아무것도 안 하면서 아무것도 아니어야야지, 하는데 앞서던 길잡이가 피식, 웃는 게 아닌가. 왜 웃느냐 물으니 지금까지 왔던 길을 되돌아가 누울 자리를 파야 한다는 것이다. 갈 길이 조금 멀겠군요, 하는 나의 대꾸에 길잡이는 걱정스런 표정을 지으며 말을 이었다.

"그게 말처럼 그렇게 쉬운 일이 아니거든요. 사는 게 그렇듯이 죽는 것도 마찬가지입니다."

'죽으면 죽는 거지, 그게 무슨 말이지'라고 생각하는 찰나, 첫발을 내딛기도 전에 뭔가에 걸려 넘어지고 말았다. 뭐였을까 쳐다보니 무덤이었다. 아니 내 무덤이었다. 나는 하늘을 바라보는 자세로 벌러덩 자빠져 있는 나 자신을 일으켜 세웠다. 그리고 고개를 들어 내가 살아온 길을 쳐다보았다. 둥글게 솟은 무덤들이 지평선 너머로 줄지어 있었다. 점점이 늘어선 무덤들이 길게 뻗은 선으로 길을 만들고 있었다. 그렇게 걸어온 길이자 걸어갈 길을 한참 바라보다가 문득 '죽으러 가야 하는데 이럴 시간이 없다'는 사실을 깨달았다. 그러고는 너무 놀라 몸을 제대로 가누지 못하고 있는 나 자신을 재촉했다. 어서 가야지. 몇 발을 딛었을까, 흙을 걷어내자 거기에 또 다른 내가 묻혀 있었다. 나는 길잡이에게 물었다.

"왜 내가 여기 누워 있는 거죠?"

길잡이가 내게 되물었다.

"그게 정말 당신인가요?"

바로 그때, 묻혀 있던 내가 번쩍 눈을 뜨더니 흙을 털고 일어섰다. 그러곤 터덜터덜 걸어 내 뒤를 따르기 시작했다. 나는 곧 알아차렸다. 죽으러 가는 길, 걸음마다 이어진 저 무덤들 속에 분명 나였지만 또한 내가 아닌 존재들이 누워 있다는 것을. 그 사실을 깨닫고 나니 속도가 붙었다. 한 걸음 걸을 때마다 흙을 걷고 무덤 속

나를 일으켰다. 그렇게 한 걸음 또 한 걸음 반복하면서 점점 더 많은 '나들'이 나를 뒤따르기 시작했다. 그들은 나 자신이라는 확신 속에 살아온 수많은 '타자들'이었다. 무덤에 누워 있는 나는 내가 살면서 만들어낸 내 안의 수많은 '타자들'이었다. 같으면서 다른 내 안의 타인들.

나를 앞세우고 나를 뒤따르며 그렇게 가다 보니 점점이 이어진 '나들'이 하나의 선으로 보였다. 그 선이 내가 살아온 시간으로 보였다. 그리고 어느 순간 나는 사라지고 걸음만이 남았다. 저 멀리 길잡이가 홀로 무덤을 파고 있다. 죽으러 가는 길의 끝에서 나는 길잡이가 나이며 그가 파는 구덩이가 나의 무덤이라는 것을 비로소 깨달았다.

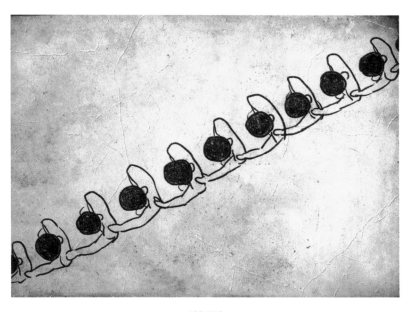

걸음 무덤

고백 인간

죽는 줄도 모르고 뜨거운 냄비에서 서서히 익어가는 어리석은 개구리 얘기를 하곤 하는데, 인간이라고 하등 다를 게 없었다. 한 세상 어기적어기적 살다가 때가 되면 몸도 마음도 굳어져서 작동을 멈추는 것이 삶이라고 인간들은 굳게 믿었다. 어떤 이들은 주제를 모르고 유연함을 자랑하다 오히려 부러지곤 했는데, 그걸 본 인간들은 쯧쯧대며 춤추지 말라고 노래하지 말라고 꼼짝 말라고 지껄였다. 부러진 인간들은 멋쩍게 웃으며 그러지 말았어야 했다며 후회했다. 그런데 이런 삶의 당연한 굴레를 거부하는 인간들이 있었다. 거부자들은 Z를 마시며 굳어가는 몸과 정신을 되돌렸다. Z는 비밀의 장소에서 제조되었기에 소수의 사람만 그 장소를 알고 있었는데, 그들은 그곳을 양조장이라고 불렀다. 소수의 거부자들은 Z를 마시면서 굳어가는 모든 것들로부터 자신을 해방시키고자 했다.

거부자 하나가 양조장을 찾았다. 인중과 턱에 빽빽이 회색 수염이 난 그는 견고하고 안전한 자신의 운명을 견딜 수가 없었다. 운명의 쇠창살을 깨부술 방법을 찾던 그는 우연찮게 Z를 만드는 양조장의 존재를 알게 되었다. 양조장은 건장한 남자 둘이 들어가면 어깨를 웅크려야 할 만큼 좁은 골목의 끝자락에 있었다. 담쟁이 덩굴이 벽을 뒤덮고 있어 언뜻 낭만적으로 보이기도 하지만 자세히 보면 스산함이 감돌았다. 삐걱거리는 문틈 사이로 새어 나온 Z의 냄새가 골목 전체에 스며 있었다. 고소한 코코넛 향과 맵싸한 고추냉이 향이 동시에 느껴지는 오묘한 냄새였다. 회색 수염의 거부자는 냄새를 따라 양조장 문을 열고 안으로 들어갔다. 첫눈에 사람 키를 훌쩍 넘는 오크통이 보였다. 그는 뚜벅뚜벅 걸어가 주인에게 값을 지불하고 Z가 담긴 커다란 유리잔을 받아들었다. 그리고 그걸 단숨에 들이켰다. 끈적거리는 희뿌연 액체가 코끝에 묻었을 때 그의 눈은 지그시 감기고 입은 한껏 벌어졌다. 곧 쇠창살이 물러지고 허물어졌다. 회색 수염의 거부자는 자신을 가둔 책임과 의무, 짐과 족쇄에서 풀려나 자유를 만끽했다. 그때까지는 그랬다.

Z를 복용하면, 한 가지 부작용이 있었는데 그것은 바로 고해였다. 무엇에도 구속받지 않게 된 인간들은 아무나 붙잡고 자기가 그동안 저지른 죄를 고백했다. 물론 '아무'라 함은 대개 양조장 주인이었고 때때로 양조장을 찾은 손님들이었다. 그렇게 비밀에서 풀려난 죄들은 양조장 주변을 떠돌아다녔다. 곧 양조장 일대에 죄목을 거래하는 시장이 형성됐다. 밖에서 내부가 보이지 않는 뿌연 창문을 톡톡 두드리면 판매자가 풀려난 죄목을 담은 서류 봉투들을 가지고 나왔다. 구매자는 대개 죄를 고백한 사람의 가장 가까운 이들이었다. 대부분 가족이거나 연인 혹은 친구였는데, 간혹 오래 함께한 일터 동료도 있었다.

양조장 앞에 흘러넘치는 수많은 죄들은 튼튼한 족쇄였다. 구매자들은 그 죄목을 풀려난 인간을 다시 붙잡아 둘 수단으로 이용했다.

회색 수염 거부자의 죄목 역시 시장에 돌았는데, 그를 찾아 헤매던 아내가 그것을 구매했다. 남편의 죄목을 펼쳐보고 아내는 그 추악함에 안도했다. 그가 고백한 죄는 이러했다.

죄목 : 아내에 대한 혐오와 경멸.

내용 : 이 자는 아내의 고통과 고난을 염원했다. 그는 자신의 수염을 밀어 그 털뭉치를 아내의 목구멍에 쑤셔 넣는 꿈을 꾸었으며, 파랗게 질려 컥컥대는 얼굴을 상상하며 킥킥 웃어댔다. 여기에 더해 그는 아내를 괴롭힐 수만 있다면 그들의 사랑스러운 자식이 죽어도 괜찮다고 생각했다.

아내는 마지막 구절에 회심의 미소를 지었다.

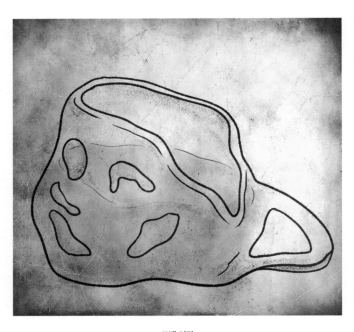

고백 인간

죽고 싶은 인간, 죽이고 싶어 하는 인간

"고로 '죽고 싶은 인간'은 죽고, '죽이고 싶어 하는 인간' 은 살아남는다는 것이 이 연구의 최종 결과다."

찬 공기가 새어오는 창가, 단단한 나무 책상에 앉아 있 는 인간학자가 마지막 문장을 눌러 썼다. 인간에 관한 오랜 연구를 정리하는 작업이 이제 막 끝난 참이었다. 마침표를 찍은 인간학자는 몸을 뒤로 젖혀 늘어지게 기 지개를 켰다. 그리고 자리에서 일어나 인간 관찰실로 향 했다.

인간학자는 표본 인간들이 살고 있는 지구를 바라보며 지난날을 회상했다. 처음 인간학자가 관심을 가진 것은 잘 구획된 마을, 도시, 국가 같은 것들이었다. 완벽한 인 간 사회의 표본을 만드는 것이 그의 목표였다. 그러다 인간이란 결국 '죽고 싶은 인간'과 '죽이고 싶어 하는 인간'으로 나뉜다는 사실을 알아냈고, 거기에 몰두했다. 인간학자가 알아낸 바, '죽고 싶은 인간'들은 누군가를 죽이고 싶으면서도 차마 그런 생각도 하지 못하는 부류였다. 그들은 죽이고 싶은 마음을 죽고 싶은 마음 안에 가두었다. 전체의 80%에 해당하는 이들은 죽음이라는 무거운 솜이불을 머리끝까지 덮고 조용히 자신의 소멸을 기다렸다. 누군가를 '죽이고 싶어 하는 인간'들은 자신의 욕구와 바람을 정확히 알았다. 죽이겠다는 일념으로 활기차게 세상을 누볐다. 인간 세계를 움직이는 건 이 20%의 '죽이고 싶어 하는 인간'들이었다. 그러던 어느 날, '죽이고 싶어 하는 인간'들이 일으키는 소란에 짜증이 난 인간학자는 그들을 없애버렸다. '죽고 싶은 인간'들만 남은 세계는 한동안 고요했다. 별다른 일이 일어나지 않았다. 하지만 곧 놀라운 일이 벌어졌다. '죽고 싶은 인간'들이 다시 둘로 나뉘어져 20%의 '죽이고 싶어 하는 인간'들이 생겨난 것이다. '죽고 싶은 인간'들은 여전히 죽음을 기다리다 결국 죽었고, '죽이

고 싶어 하는 인간'들은 또 여전히 누군가를 죽이겠다
는 일념으로 살아남았다. 인간학자가 무슨 수를 써도
계속해서 인간들은 '죽고 싶은 인간'과 '죽이고 싶어 하
는 인간'으로 나뉘었다. 그리하여 '죽고 싶은 인간'은 어
떻게 해도 죽고, '죽이고 싶어 하는 인간'은 기어이 살아
남는다는 뻔하고 사악한 결론에 도달했다.

완벽한 인간 사회 표본을 만드는 데 실패한 인간학자
는 인간 관찰실을 나오며 관찰실 전력을 공급하는 전원
을 내렸다.

Hugo Simberg, <Death Listens>, 1897

시간이 발견됐다

"속보입니다. 시간이 발견됐다는 소식입니다. 오늘 새벽 OO병원에서 수술을 받던 환자의 두개골에서 시간이 떨어져 나오는 일이 발생했습니다. 해당 병원은 실험적으로 진공 상태에서 뇌수술을 진행하던 중이었는데요. 수술대 아래로 떨어진 얇은 막을 발견하고 검사를 하던 중, 그것이 시간이라는 사실을 알아냈습니다. 시간을 발견한 의사의 인터뷰를 들어보시겠습니다."

"시간은 우리의 머릿속에 있는 원형의 얇은 막입니다. 두 눈의 뒤쪽 부비동 부근에 떠 있는 것으로 추정하고 있습니다."

"시간은 나무의 나이테와 비슷한데요. 인간이 살아온 시간의 결이 이 막에 새겨지게 됩니다. 과거에 사용하던 저장장치인 CD와 유사한 형식이라고 볼 수 있습니다.

의학계에선 시간을 어떻게 활용할지에 대해 논의할…"

인간들은 그동안 시간이 우주 어딘가에 객관적 실체로 존재한다고 믿어왔다. 시간의 발견은 시간이 우리 밖에 별개로 있는 것이 아니라 한 사람, 한 사람 내부에 고유하게 존재한다는 사실을 밝혀냈다. 인간 내면에서 벌어지는 고유한 경험, 느낌, 지각 등이 시간 그 자체라고 할 수 있는 것이다. 그리고 또 한 가지 그간의 통념을 깨뜨리는 속성이 밝혀졌는데 그것은 시간이 과거, 현재, 미래 순으로 흐르는 게 아니란 사실이었다. 시간은 초, 분, 시 같은 단위로 분절할 수 없으며, 그저 하나의 덩어리로 존재하는 것이었다. 시간이 측정되거나 계산될 수 없는 영원한 전체라는 사실에 많은 이들이 놀랐다.

시간이 발견된 것도 놀라운데 거기서 끝이 아니었다. 시간에 대한 연구가 어느 정도 이뤄지자 시간 플레이어까지 개발된 것이다. 시간 플레이어는 인간에게서 추출한 시간을 넣어 작동시키는 기계로, 이 플레이어만 있으면 누구나 자신의 시간을 자유자재로 사용할 수 있었다.

언제든 원하는 순간으로 이동이 가능하며, 손쉽게 시간을 느리게 혹은 빠르게 재생할 수도 있게 되었다.

"이번 시간에는 시간 플레이어 개발자를 모시고 자세한 이야기를 들어보도록 하겠습니다. 안녕하십니까? 시간 플레이어의 작동 방식에 대해 설명 부탁드립니다."

"시간 플레이어를 사용하려면 일단 시간을 추출해야 합니다. 사용자가 그간 살아온 시간이 추출된다는 것은 말씀드리지 않아도 아시겠죠? 물론 SF영화에서처럼 별도 장치에 저장돼서 인간이 컴퓨터상 데이터로서 존재하는 그런 건 아닙니다. 추출된 시간은 늘 그 사람과 연결돼 있어야 생명력을 갖죠. 자, 여기 화면에 보시는 것과 같이 사람과 연결된 상태에서 시간을 플레이어로 재생하는 건데요. 이 컨트롤러를 이용하여 시간을 조작하면 됩니다. 원하는 때로 돌아갈 수도 있고 실시간 모드로도 사용 가능합니다. 아무래도 시간을 다루는 제품이다 보니 섬세한 주의가 필요해요. 간혹 오류가 발생하고 있는데 추출된 시간에 손상을 주거나 하지는 않습니다. 그렇지만 사용하는 분들께서는 반드시 설명서에 나와 있는 작동 방법을 숙지하고 제품을 다뤄주시길 당부드립니다."

시간 플레이어는 사용자들의 행복지수를 대폭 향상시켰다. 행복했던 때로 돌아가 시간을 늘려 그 순간을 세밀하게 느꼈고, 힘든 순간은 빨리 감기를 해 의식에서 저 멀리 보내버렸다. 고통의 시간을 쉽게 넘길 수 있으니 사람들은 더욱 열심히 일했고 긍정적인 자세로 삶의 기쁨을 만끽했다. 그렇게 시간 플레이어는 인간들의 필수품이 되어 시간 플레이어 없는 세상은 상상할 수 없을 정도가 되었다. 지나친 의존에 대한 우려가 제기되기도 했으나 금방 사그라들었다. 만족도가 높을 뿐 아니라 생산성을 높이기도 하니 국가가 나서 시간 플레이어의 사용을 적극 권장했다.

"올해는 시간 플레이어가 개발된 지 10주년 되는 해입니다. 이를 기념하여 세계정부가 시간 플레이어를 전 국민에게 보급하겠다고 발표했습니다. 사용률이 80%에

달하지만 여전히 이 개발품의 혜택을 누리지 못하는 사람들이 많았는데요. 정부의 보급으로 이제 모든 사람들이 시간을 자유자재로 사용할 수 있게 되었습니다. 간헐적으로 오류가 발생하는 문제에 대해 정부는 주기적인 소프트웨어 업데이트로 개선할 계획이라고 밝혔습니다."

누구나 원하는 복지였으니 강제라고 할 수는 없지만 모든 국민은 예외 없이 시간 플레이어에 자신을 연동시켜야 했다. 이 세상 모든 인간들이 시간을 마음껏 누리는 시대가 도래한 것이다. 그렇게 모두가 행복한 나날을 보내던 어느 날 시간 플레이어에 치명적인 문제가 발생했다.

"이것은 재난 상황입니다. 얼마 전부터 보급된 시간 플레이어가 작동이 되지 않아 많은 분들이 불편을 겪으셨는데요. 그게 다가 아니었습니다. 시간 관리국에서 발표한 바에 따르면, 시간 플레이어가 작동하지 않다가 당사자가 사망하는 순간 그간의 시간이 무한 반복 재생

된다고 합니다. 이제 우리가 살아온 모든 시간을 계속해서 다시 살게 될 것이라는 겁니다. 참고로 시간이 반복 재생될 때 빨리 감기나 느리게 감기, 되돌리기와 같은 기능은 전부 이용이 불가합니다. 니체의 '영원회귀'가 현실화한 걸까요? 지금 이 순간이 계속 반복된다면 우리는 어떻게 살아가야 할까요? 시간 재난으로 인해 인간이 살아가는 삶의 방식이 전면적으로 변화할 것으로 보입니다."

시간이 발견됐다

모든 것을 자를 수 있는 칼

과학자들은 자르고 또 잘랐다. '모든 것을 자를 수 있는 칼'을 이용해 그 행위를 무한히 반복했다. 여기서 모든 걸 자를 수 있다는 것은 어떠한 단단한 것도 자를 수 있다는 의미가 아니다. 부피만 있다면 아무리 작은 것이라 해도 자를 수 있다는 뜻이다. 과학자들은 이 칼을 이용해 '그것'을 찾아내 창조자가 되고자 했다. 그것이라 함은 세상을 이루는 최소 단위인 기본 입자, 이름하여 '픽셀'을 말한다. 그들은 어떤 물체를 쪼개고 쪼개어 더 이상 쪼갤 수 없는 가장 기본 단위의 조각을 찾으면 그 조각들을 조합해 만물을 만들 수 있을 거라는 아주 논리적인 생각을 했다. 의식, 영혼, 정신 무엇으로 불리든 마음까지도 만들 수 있으리라, 그렇게 믿었다.

그러나 수천, 수만 번 자르는 노력에도 불구하고 과학

자들은 픽셀을 찾을 수 없었다. 이유는 이랬다. 모든 것을 자를 수 있는 칼은 부피가 있는 것이라면 무조건 자를 수 있다. 무언가 잘라진다는 것은 그것에 부피가 있다는 뜻이다. 부피가 있으니 그것을 또 다시 자를 수 있게 된다. 상황이 이러하다 보니 과학자들은 무한히, 무한히 자를 수밖에 없었다. 딜레마다. '무한'이라니. 끝없이, 계속해서, 영원히 잘라야 한다면 도대체 픽셀은 언제 찾을 수 있다는 말인가. 픽셀을 찾겠다는 생각부터 모순이라는 사실에 과학자들은 절망했다.

픽셀은 없다. 픽셀이 없으면 물질도 없다. 그렇다면 이 확실하고 분명한 세계는 무엇으로 이루어져 있는가. 이 세계가 진짜로 존재하는 게 아니라면 인식하고 생각하고 결정하는 이 마음은 어떻게 작동하는가. '그래, 이걸 끝으로 한 번만 더 잘라보자.' 모두가 포기하고 마지막으로 남은 과학자가 칼을 지그시 누르던 순간이었다. 소리 없는 폭발과 함께 벌어진 조각 사이로 마지막 과학자가 떨어졌다. 거기서 과학자는 무릎을 안고 등을 부르르 떨고 있다고 생각했다. 완벽한 침묵이 주는 공포에 무릎 사이로 박은 고개를 들 수 없다고 생각했다. 그러다 곧바로 알아차렸다. 그가 있는 곳은 물질의 안이자 바깥이며, 조각 사이의 심연이자 끝없이 펼쳐진 우주라는 것을. 자신에겐 두 팔로 감쌀 무릎도 부르르 떨 등도 없다는 것을.

창조자가 되고자 했던 과학자는 창조된 세계 너머로 들어섰다. 거기서 과학자가 찾은 것은 픽셀이 아니라 '벡터'였다. 벡터의 세계는 부분이 모여 전체를 이루는 물질적 세계가 아니라, 점과 점을 잇는 함수로 이루어진 수학적 세계다. 중요한 것은 모니터에 나타난 화면이 아니라 그 화면을 만드는 프로그램, 즉 의식이라는 사실에 과학자는 실소했다. 그 자신도 한낱 3차원 모델링의 일부면서 감히 창조자가 되려 했다니. 이미 매 순간 자신과 세계를 창조하고 있으면서 창조자가 되겠다고 그토록 용을 썼다니.

모니터의 세계로 돌아온 과학자는 말이 되지 않는 세

계에 대해 아무 말도 하지 않겠다고 다짐했다. 그저 별 일 없다는 표정으로 다시 모든 것을 자를 수 있는 칼을 들었다.

모든 것을 자를 수 있는 칼

그어지지 않는 성냥

그어지지 않는 성냥

에필로그

자, 여기까지.

다시 한 번 말하자면, 그대가 읽은 이야기는 이 세상 여기저기 떨어져 있던 걸 발굴한 것들이라네. 탑에 봉안돼 신에게 바쳐진 이야기들이 어떤 연유로 이 땅에 떨어졌을지 궁금하겠지. 마침내 죽음을 얻게 되고 차차 죽음에 익숙해진 인간들은 자신이 죽음을 가졌다는 사실을 망각한 채 끊임없이 죽거나 죽였다네. 죽음을 실행하지 않더라도 자신을, 타인을 죽도록 죽음 가까이 내몰았던 거지. 죽음을 가진 인간들은 '죽도록' 해내고 '죽어라' 부리는 것을 미덕으로 삼을 정도였네. 생존 본능처럼 죽음 본능이 발동한 것이네. 그렇게 인간들은 소멸과 자멸, 나아가 파멸과 파괴로까지 질주했지.

그런 인간들을 보며 신은 분노했네.

'그토록 간절히 죽음을 바라더니 이토록 쉽게 죽음을 소비하는가!'

신은 결국 인간들이 자신에게 바쳤던 공양탑을 폭파시켰고, 탑이 터지면서 안에 봉안되었던 이야기들은 사방에 떨어진 거라네.

이야기가 폭파하고 발견되고 나아가 인간들이 이 책을 읽는 것, 이것은 마지막 기회라고 할 수 있네. 자신들이 간절히 구했던 죽음이 무슨 의미인지 깨닫지 못하면 신은 인간들에게서 죽음을 되가져 갈 것이야. 죽음이 없는 삶을 상상해보게나. 이제 이 이야기들의 의미를 알 수 있겠지.

그런데 말이네. 혹시 한 가지 이상한 점을 알아차리지 못했는가. 이야기 한 편이 부족하다네. 어디에서도 찾을 수 없었던 이야기 하나를 그대가 지어줄 수 있겠는가.

그로써 죽음을 잃을 인간들을 구원할 수 있겠는가.

그대여, 부디 죽음의 의미를 되찾아 죽음을 구하는 인
간이 되어주기를…

Hugo Simberg, <Devotion>, 1895

이현지 우화집

주머니 인간

1판 1쇄 발행	2024년 5월 17일
1판 2쇄 발행	2024년 8월 16일

지은이	이현지
그린이	이현지
발행인	윤미소
발행처	(주)달아실출판사

책임편집	박제영
편집위원	김선순, 이나래
디자인	전부다
법률자문	김용진, 이종진

주소	강원도 춘천시 춘천로 257, 2층
전화	033-241-7661
팩스	033-241-7662
이메일	dalasilmoongo@naver.com
출판등록	2016년 12월 30일 제494호

ⓒ 이현지, 2024
 ISBN 979-11-7207-012-0 03810